COLLECTION FOLIO

Jean Rolin

Le pont de Bezons

P.O.L

Né en 1949, Jean Rolin est écrivain et journaliste.

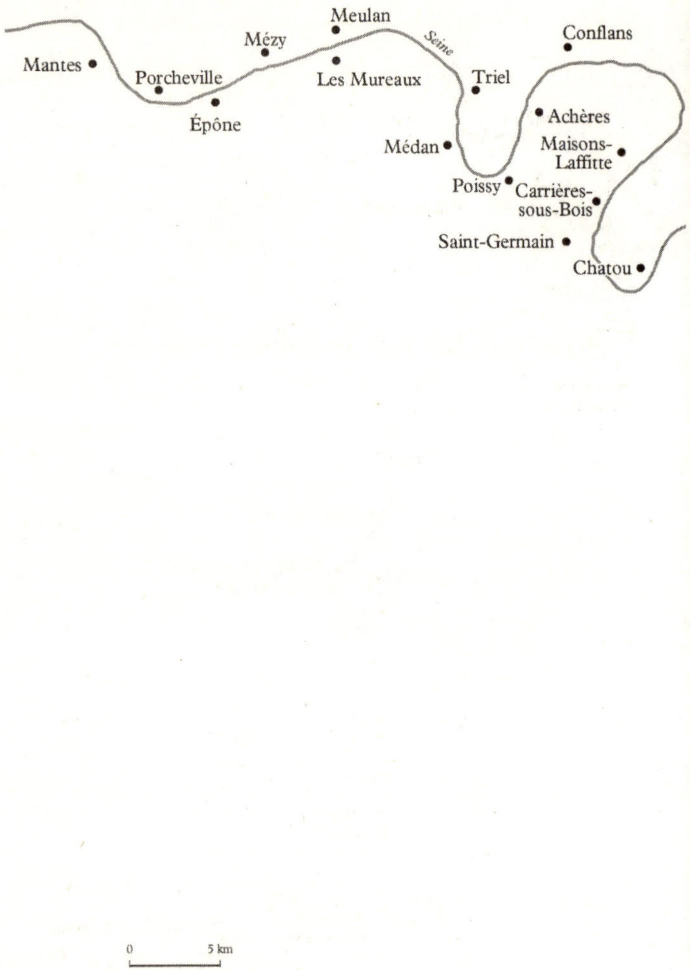
Meulan
Conflans
Mézy
Seine
Mantes
Porcheville
Les Mureaux
Triel
Épône
Achères
Médan
Maisons-
Laffitte
Poissy
Carrières-
sous-Bois
Saint-Germain
Chatou
0
5 km

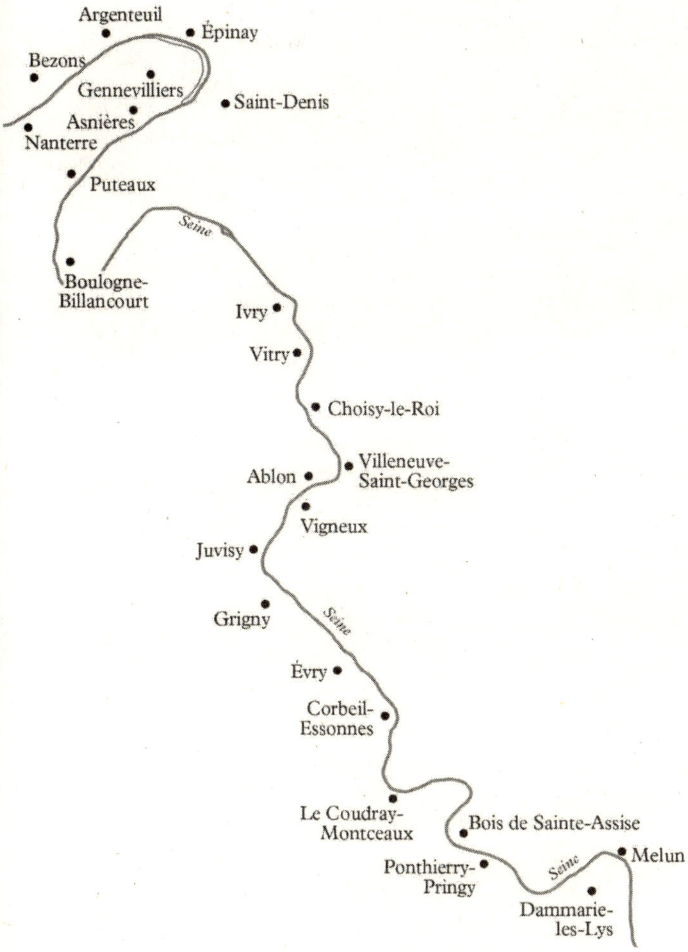
Argenteuil
Épinay
Bezons
Gennevilliers
Saint-Denis
Asnières
Nanterre
Puteaux
Seine
Boulogne-
Billancourt
Ivry
Vitry
Choisy-le-Roi
Villeneuve-
Saint-Georges
Ablon
Vigneux
Juvisy
Grigny
Seine
Évry
Corbeil-
Essonnes
Le Coudray-
Montceaux
Bois de Sainte-Assise
Melun
Seine
Ponthierry-
Pringy
Dammarie-
les-Lys

Personne ne s'avisait de marcher le long de la Seine. Pourquoi l'aurait-on fait ? et qui ? Les gens sont raisonnables. Cela n'a pas de sens de marcher le long de la Seine. Après il faut revenir. On est bien avancé.

ARAGON, *Aurélien*

Heureux celui qui a vu le jour se lever sur le pont de Bezons. Pour être témoin de ce phénomène, j'ai moi-même été passer la nuit du 4 au 5 juillet 2019 à l'hôtel le plus proche du pont, et dans une chambre située de telle sorte, par rapport à ce dernier, que je pouvais de ma fenêtre le couvrir dans toute sa longueur. Ce n'était d'ailleurs pas la première fois que j'avais affaire au pont de Bezons. Depuis l'ouverture d'une ligne de tramway le reliant à la porte de Versailles, je m'y étais rendu à diverses reprises, mais sans jamais l'envisager autrement que comme le terminus nord de cette ligne. D'autre part, comme tout le monde, je connaissais la phrase de Céline, « Chanter Bezons, voici l'épreuve ! », tirée de sa préface au livre désormais introuvable d'un historien local du nom d'Albert Serouille. Tout cela ne faisait pas de moi un spécialiste du pont de

Bezons. Mais ma relative méconnaissance, ou ma connaissance insuffisante, de cet ouvrage d'art ne m'a pas dissuadé d'en faire le pivot du projet que j'avais formé, et qui consistait à mener sur les berges de la Seine, entre Melun et Mantes, des reconnaissances aléatoires, au fil des saisons, dans un désordre voulu.

Dans le cadre de ce projet, et donc à l'exclusion d'autres circonstances de ma vie, ma première visite au pont de Bezons, plusieurs mois avant la nuit que je devais passer à son chevet dans l'attente du lever du jour, remonte au dimanche 3 février 2019. Ce jour-là, à 10 h 30 du matin, en franchissant la Seine sur la ligne 13 du métro, j'aperçois sur la gauche, au loin les tours de la Défense, plus près le cimetière des chiens de l'île des Ravageurs, dont le portail, ai-je noté, « étincelle dans la lumière du matin » (même si la logique voudrait que ce qui étincelle, ce soient les tours vitrées de la Défense plutôt que le portail, en pierre, du cimetière). Toujours à propos de chiens, je note un peu plus tard que le refuge de la SPA de Gennevilliers, que j'atteins en empruntant à partir du terminus ouest de la ligne 13 le tramway T1, je note que ce refuge, parfois très bruyant — peut-être quand ses pensionnaires sentent qu'il y a de l'euthanasie dans l'air —, est aujourd'hui silencieux.

De tous les parcs ou les jardins de Paris ou de la région parisienne, celui des Chanteraines, à Gennevilliers, est après le Jardin des Plantes, et à égalité avec le parc de la Villette, celui que je fréquente depuis le plus longtemps, et avec le plus d'assiduité. Dans les premières années de son existence je me suis moqué inconsidérément de ses aménagements, ironisant sur l'aspect chétif de ses plantations ou l'incongruité de son enjambement de l'autoroute A 86. Depuis les arbres ont poussé, plutôt bien pour la plupart, au point que par une journée normale, dans la période active de la végétation, il est devenu difficile de déterminer, au bruit qui provient de l'autoroute, à quel moment précis le parc la franchit. Plusieurs espèces d'oiseaux nichent, ou sont de passage, d'une saison l'autre, sur le territoire du parc. À la fin de l'hiver, par exemple, un promeneur chanceux peut y surprendre le hennissement du grèbe castagneux, et sinon c'est bien le diable s'il n'entend pas au moins les deux notes — ti, tsui — en quoi consiste le chant du pouillot véloce. Mais en ce qui me concerne, c'est le pic épeiche que j'ai le plus de plaisir à y retrouver chaque année : tant parce que la petite tache rouge qu'il présente sur la nuque (et la coloration également rouge de son plumage sous-caudal) en fait un oiseau très élégant, que parce que lors de ma première observation d'un spécimen de cette espèce, dans le parc des Chanteraines, j'étais en compagnie de la personne qui apparaîtra dans la suite de ce récit sous le nom de « Celui-des-ours » (à cette occasion, d'ailleurs, Celui-des-ours avait fait une photo de moi en train de rechercher à la jumelle le trou du pic épeiche). Le nid — le trou — le plus facile à observer, même quand il n'est pas occupé, est pratiqué dans un arbre du bord, là où le parc rejoint la rive gauche de la Seine et fait face à l'île Saint-Denis. Il y a là une terrasse, dominant un amas de péniches rouillées, d'où une rampe descend vers le fleuve, ombragée par un bouquet d'arbres dont l'un est celui où le pic épeiche a fait son nid. Au-delà de cette terrasse, vers l'aval, le parc des Chanteraines se limite à une étroite bande de terre confinée entre la Seine, qu'elle longe jusqu'au pont d'Épinay, et diverses installations industrielles ou commerciales. Du côté de l'eau, cette promenade est bornée par une balustrade dont la partie supérieure est hachurée de traînées blanches, sur plusieurs centaines de mètres, par les chiures de mouettes, ou peut-être de sternes pierregarins si c'est la saison des sternes pierregarins. Sous le pont par lequel la nationale 310 franchit la Seine en direction d'Épinay, on lit en ce dimanche 3 février deux graffitis récents, « On va vous casser la tête !!! » et « Henri Michaux Tro For », le second témoignant d'une inspiration plus originale que le premier. Dans le prolongement du pont, au numéro 137 de l'avenue Marcel-Paul à Gennevilliers, au pied d'un immeuble isolé, vétuste, retranché derrière des fenêtres aux volets clos, une voiture dont au moins une roue est crevée empiète sur le trottoir.

Ce jour-là — le jour, je le rappelle, de ma première visite au pont de Bezons dans le contexte du projet nommé d'après lui —, profitant de ce qu'on était un dimanche, j'ai emprunté dans le port de Gennevilliers toutes les voies qui me paraissaient accessibles au public, et dont plusieurs se sont avérées ne pas l'être. De toute façon, du fait du retrait dominical, la présence humaine s'était raréfiée à tel point, dans ce périmètre, qu'il ne s'y trouvait personne pour vous rappeler à l'ordre si vous enfreigniez une interdiction de basse intensité (quant aux interdictions de haute intensité, comme de s'introduire par effraction dans des locaux sécurisés ou d'emprunter un engin de levage pour en faire un usage récréatif, il est vraisemblable que leur transgression aurait entraîné le déclenchement d'une alarme et l'intervention consécutive d'un personnel spécialisé). Venant de l'avenue Marcel-Paul par le chemin des Petits-Marais — dont le nom fait regretter de ne pas l'avoir emprunté un ou deux siècles plus tôt —, je m'engageai tout d'abord sur l'artère que mon plan désignait comme la route du bassin numéro 6, bordée des deux côtés de hangars ou de terrains découverts accueillant des activités telles que le stockage des hydrocarbures ou le recyclage de la ferraille : activités que bien à tort, sans doute, je me représentais comme faiblement productrices de plus-value. Si au début je m'étais réjoui sans réserve d'être seul dans ce décor, évitant ainsi tant les réflexions goguenardes des gens qui travaillaient là en semaine que le bruit, la poussière, ou les claques engendrées par le déplacement d'air au passage en trombe des poids lourds, à la longue le silence et l'immobilité, sur de telles distances, de tout ce qui m'entourait, et dont on sentait bien que la pente naturelle était plutôt de se mouvoir et de faire du bruit, ce silence et cette immobilité se mirent à me peser, et à éveiller chez moi la crainte que survienne à l'improviste une catastrophe telle que l'explosion d'une citerne ou l'épanchement d'un gaz toxique. « Soyez vigilants ! », avais-je lu en m'engageant sur cette route, « vous entrez dans une zone portuaire présentant des risques spécifiques ». Et voici que pour illustrer ces risques spécifiques, un escalier de secours, vraisemblablement destiné à l'évacuation d'urgence, par la voie fluviale, du personnel des entreprises riveraines, mène de la route à un quai à demi submergé. En retrait de la berge s'élèvent, magnifiques, scintillantes au soleil comme le trésor exondé d'un pirate, les montagnes de déchets métalliques amassées par une entreprise de recyclage. Au-delà, la pointe que forme le rivage, entre la Seine et le bassin, se glisse sous l'autoroute A 15, dont la rumeur, incessante, est seule à rompre le silence dominical de la zone portuaire. Sur cette partie de leur trajectoire, en courbe, les deux fois deux voies de l'autoroute sont supportées par quatre piliers, et à l'intérieur de l'un d'eux, à sa base, est pratiqué un espace creux, humide et sombre, dans lequel on pénètre afin de vérifier que le sol en est souillé de boîtes de bière, et d'autres déchets témoignant d'une occupation sporadique (si peu accessible et inhospitalier que soit un espace délaissé, et peut-être d'autant plus qu'il est moins accessible et moins hospitalier, on est sûr d'y trouver des graffs, à l'extérieur, et à l'intérieur, au minimum, des emballages de boissons). Un lieu préservé jusqu'à nouvel ordre de toute souillure de ce genre, c'est au bout de la route dite « de la Seine », passé le dépôt de matériaux de construction, le terrain triangulaire situé en contrebas de la chaussée, planté de jeunes pins rigoureusement identiques, disposés à égale distance les uns des autres et ménageant entre le sol et leurs branches les plus basses un espace d'une hauteur invariable, à peine suffisante pour s'y tenir debout. Et tout l'ensemble baignant dans une lumière glauque d'aquarium. Depuis la pointe de ce triangle, saillant dans le chenal qui donne accès à quatre des six bassins, on a vue tant sur la Seine, en aval, qu'à l'intérieur du port sur les bassins numérotés un et deux : le premier dévolu aux conteneurs, le second à la minoterie. Au fond de celui-ci, dominé par les silos des Grands Moulins de Paris, un bâtiment aujourd'hui désaffecté, le Débarcadère, abritait jusqu'en 2018 des lieux de restauration destinés au personnel des entreprises de la zone, et singulièrement un self-service dont la cuisine était de qualité inégale, mais dont nous avions fait depuis plusieurs années, Celui-des-ours et moi, notre restaurant préféré, au moins dans la mesure où personne ne risquait de nous le disputer.

À la date de cette reconnaissance, le 3 février 2019, l'entrée du Débarcadère est encore accessible et de même, au milieu de celle-ci, le distributeur de billets dont je me demande s'il fonctionne toujours, mais sans oser y introduire ma carte de crédit pour m'en assurer. À travers les baies vitrées du self-service, dans la partie effilée du bâtiment, celle qui jouit de la meilleure vue sur le bassin et les silos, sur les bernaches du Canada paissant la pelouse en pente et les innombrables pigeons attirés par la manutention des grains, il apparaît que l'on a laissé en place le mobilier, composé de tables en bois et de hideuses chaises jaunes ou violettes. Quelques mois plus tard, le 5 juillet (le jour que j'ai vu se lever sur le pont de Bezons), la situation reste inchangée en ce qui concerne le mobilier, mais l'entrée est désormais occultée, et le distributeur de billets rendu inaccessible, par un rideau de fer.

Je ne me rappelle plus si c'est lors de cette première visite, le 3 février, ou un peu plus tard, au printemps, que j'ai remarqué les décorations florales qui ornent sur toute sa longueur la rambarde du pont d'Argenteuil. Mais comme il ne me semble pas que les pétunias fleurissent en hiver, ce devait être plus tard. En amont du pont, sur la rive gauche de la Seine, s'étend un terrain indécis, en partie sauvage et en partie goudronné, prolongeant le terminal conteneurs du port de Gennevilliers et probablement appelé à se faire absorber par celui-ci. Un jour d'été, j'y verrai s'ébattre dans un nuage de poussière des cavaliers — non des hommes à cheval, mais des engins mobiles de manutention des conteneurs. En aval du pont, le quai du Petit-Gennevilliers longe la clôture de l'usine Safran, qui sur une quinzaine d'hectares fabrique des moteurs d'avions ; comme le faisait jadis, au même endroit, la Snecma, et avant elle, depuis la fin du XIXe siècle, la société Gnome, devenue par suite d'une fusion, en 1915, Gnome et Rhône, un nom dont la bizarrerie a fait le bonheur de plusieurs générations d'amateurs d'aéronautique. En englobant le terrain, au bord de la Seine, qu'occupaient auparavant le jardin, la maison, l'atelier et le chantier de Gustave Caillebotte, peintre et architecte naval, l'entreprise Gnome, plus tard Gnome et Rhône, a précipité la transformation en zone industrielle d'un territoire dont le charme rustique, et les opportunités qu'il offrait pour les loisirs nautiques, avaient fait un haut lieu de l'impressionnisme. Si rares que soient aujourd'hui les touristes qui empruntent le pont d'Argenteuil, un panneau d'information, à l'entrée de celui-ci, rappelle que c'est en 1887 que Caillebotte s'installa au Petit-Gennevilliers, que « près de trois cent cinquante tableaux » y furent peints (pas seulement par Caillebotte...), et que Louis Seguin, le patron de Gnome et Rhône, pour avoir équipé de ses moteurs la naissante aviation russe, avait en 1912 reçu du tsar Nicolas II, auquel il ne restait que six années à vivre, un cadeau de deux ours, dont la cage occupait l'emplacement actuel de l'unité de traitement des effluents. Passé celle-ci, non sans une pensée pour ces deux ours et pour l'existence lamentable qu'ils durent mener dans cette cage, on remarque derrière la clôture de l'usine, en bordure d'un parking, un petit immeuble d'une couleur terreuse, datant à vue de nez de la fin du XIXe siècle ou du début du siècle suivant, dépourvu de toute qualité architecturale, auquel ses ouvertures murées confèrent par surcroît un petit air de désolation. Qu'est-ce qui a pu inciter une entreprise telle que Safran à préserver sur son site ce bâtiment aveugle et vaguement sépulcral ? Naturellement, on pense tout de suite à quelque connexion avec l'impressionnisme, et, tant qu'à faire, à la présence possible de ce petit immeuble sur un tableau de l'époque. Mais les recherches que j'ai faites dans cette direction ne m'ont mené à rien de concluant. Sur les nombreux tableaux que Caillebotte a peints de son jardin et des fleurs qu'il y faisait pousser, la maison qui apparaît à l'arrière-plan n'est pas toujours la même, mais aucune ne ressemble à la maison aveugle du parking. Et d'ailleurs Caillebotte n'est pas assez coté pour que l'on épargne une maison sans autre qualité que de lui avoir appartenu. Pour bénéficier d'un tel privilège, il faudrait au moins que Monet l'ait habitée — comme celle qui ne se visite pas mais se voit encore, sur la rive opposée de la

Seine, à Argenteuil, non loin d'une autre où a logé Karl Marx —, ou qu'elle figure sur un de ses tableaux les plus connus. *Les Coquelicots*, de 1873, appartiennent incontestablement à cette catégorie : et il est de fait que l'on y aperçoit tout au fond, derrière une ligne d'arbres, une maison dont au moins la hauteur, sinon la forme, d'ailleurs indistincte, serait compatible avec celle de la maison du parking. En revanche, comme je m'en suis assuré en allant revoir ce tableau au musée d'Orsay, le cartel qui l'accompagne situe à Argenteuil le paysage qu'il représente. Toutefois cette difficulté elle-même n'est pas insurmontable, dans la mesure où rien ne prouve que la maison, qui apparaît lointaine sur le tableau, appartienne à la même rive que la prairie aux coquelicots : autrement dit, il est possible que de la prairie, située comme l'indique le cartel sur la rive argenteuillaise, on aperçoive une maison située sur la rive opposée.

Le 5 juillet, au lendemain de la nuit passée dans un hôtel proche du pont de Bezons, venant de celui-ci et marchant à rebours vers Argenteuil, j'ai croisé sur le quai du Petit-Gennevilliers, près de l'accès de l'usine Safran donnant de ce côté, une jeune femme qui s'apprêtait à l'emprunter, et à laquelle, l'obligeant bien malgré moi à ôter son oreillette, j'ai demandé premièrement si elle travaillait chez Safran, deuxièmement, encouragé par sa réponse positive à cette première question, si elle avait une idée de ce qu'était à l'origine la maison du parking, et de la raison pour laquelle elle avait été préservée. De sa réponse, il ressortait que soit la maison avait appartenu à un peintre, et dans ce cas il ne pouvait guère s'agir que de Caillebotte, soit elle apparaissait d'une manière ou d'une autre sur un tableau célèbre, et sans doute, ajoutait-elle, un tableau de Monet, dont une reproduction, croyait-elle se rappeler, était d'ailleurs exposée dans un salon de l'entreprise. Près de deux semaines plus tard, alors que je ne m'y attendais plus, je reçus de la jeune femme à l'oreillette un mail — dont l'en-tête m'apprit qu'elle travaillait, chez Safran, pour le département des aubes de turbines —, par lequel elle m'informait que « la maison [était] bien celle de Caillebotte », et que c'était *Les Coquelicots* dont une reproduction ornait un local de l'usine. La tournure de sa phrase, malheureusement, ne permettait pas de comprendre si celle-ci impliquait que la maison visible à l'arrière-plan du tableau de Monet était celle de Caillebotte : hypothèse d'autant plus hasardeuse, tout compte fait, que *Les Coquelicots* ont été peints plus de dix ans avant l'installation de ce dernier au Petit-Gennevilliers.

Si, venant de l'usine Safran, on se dirige vers l'aval en suivant la rive gauche de la Seine, ce n'est qu'une fois passé le pont de Colombes que celui de Bezons apparaît dans sa totalité. À moins qu'il ne s'agisse d'une impression fallacieuse, due au fait que le 3 février 2019, dans la phase finale d'approche du pont de Bezons, j'avais le soleil dans les yeux : soleil qui pour être hivernal, et sur le point de se coucher, n'en brillait pas moins d'un éclat aveuglant, qui faisait flamboyer les vitres du tramway lorsque celui-ci franchissait la Seine dans un sens ou dans l'autre, témoignant à lui seul, par ce mouvement pendulaire, de la grandeur et de la nécessité du pont de Bezons. D'ailleurs il suffisait de regarder autour de soi : rien qu'au sud, sur la rive nanterroise, un Buffalo Grill et un Grill Courtepaille se disputaient les faveurs du public, au pied d'un hôtel Première Classe dont la clientèle, comme une affiche l'en avisait, bénéficiait d'une ristourne de 15 % sur les repas pris dans le second de ces établissements. En dernier recours, la station Total, ouverte jour et nuit, proposait à toute heure un choix succinct de nourritures rapides. La rive opposée était d'un abord plus austère. Sans doute y était-on accueilli par un panneau présentant Bezons comme une « ville pour la paix », mais passé celui-ci, le terminus du T2, et de plusieurs lignes d'autobus à trois chiffres, semblait perdu au milieu d'une sorte de no man's land dominé par la façade vitrée d'un immeuble de bureaux. Dans ce contexte, et comme il arrive plus souvent qu'on ne croit, c'était un McDo qui offrait la seule possibilité, dans l'immédiat, de se nourrir ou de satisfaire d'autres besoins essentiels : je me dois d'autant plus de le signaler que j'ai dû être, dans les premiers jours de l'été 2019, l'un de ses tout derniers usagers. Alors que j'avais envisagé de dîner là — le McDo se flattant d'être ouvert jusqu'à 1 heure du matin — lors de la soirée que je devrais passer près du pont de Bezons si je voulais voir le jour se lever sur celui-ci, il advint que lors d'une reconnaissance préalable, le 30 juin, je rencontrai sur le parking du restaurant un vieil homme, noir, d'une extrême maigreur, dissimulant sous sa chemise flottante un litron de rouge entamé, qui après m'avoir grevé d'une petite taxe me lança : « McDo, c'est fini ! » Proposition dont je crus tout d'abord qu'elle présentait le caractère d'une vague prophétie, s'appliquant à l'ensemble des succursales de cette enseigne et destinée, pensai-je, à gagner ma sympathie, mon aspect m'ayant peut-être désigné au vieil homme comme un adversaire de la « malbouffe », avant de comprendre qu'elle ne concernait que l'établissement du pont de Bezons, lequel était appelé à fermer définitivement dans les heures qui suivirent. Sur ces entrefaites j'entrai dans le McDo, j'y commandai une boisson, j'allai me laver les mains et ayant constaté, à cette occasion, que le lavabo était bouché et sur le point de déborder, je fis part de cette découverte au gérant, qui avec un zèle remarquable m'assura que le nécessaire serait fait très rapidement pour réparer l'équipement défectueux, alors que l'imminence de la fermeture définitive rendait aussi vaine qu'improbable cette réparation.

« Enfin on avait traversé la Seine une seconde fois, et, sur le pont, ç'avait été un ravissement », lit-on sous la plume de Maupassant dans la nouvelle intitulée *Une partie de campagne*. Et un peu plus loin : « Un homme qui passait avait nommé le pays : Bezons. »

Le pont de la phrase précédente, même s'il n'est pas nommé dans le texte de Maupassant, est donc à coup sûr le pont de Bezons : et si ce n'est peut-être pas la première occurrence, dans la littérature française, de cet ouvrage, il s'agit au moins de la plus ancienne que je connaisse. Dans la suite de ce texte, où l'on voit la vertu d'une jeune fille surprise par le charme exubérant d'un canotier, la scène fatidique se déroule dans une sorte de cabinet de verdure sur l'« île aux Anglais », qu'une note en bas de page de l'édition Folio des *Contes au fil de l'eau* identifie à l'« une des extrémités de l'île d'Herblay ». Or avec tout le respect dû à la collection Folio, et aux spécialistes qui ont présidé à cette édition, il ne peut guère s'agir de l'île d'Herblay, beaucoup trop éloignée de Bezons compte tenu de l'impatience du canotier, mais plus vraisemblablement de l'île Saint-Martin, dont la pointe amont touche presque au pont de Bezons. Quant à ce nom d'« île aux Anglais », il pourrait venir de ce que dans les années 40 du XIXe siècle, c'est sous l'égide d'une entreprise britannique, et avec du personnel et du matériel de même origine, que fut construit le pont sur lequel la ligne de chemin de fer de Paris au Havre franchit la Seine en prenant appui sur la pointe de l'île Saint-Martin : un ouvrage qui porte d'ailleurs, confidentiellement, le nom de « pont des Anglais ».

Au siècle suivant, ce sont les vicissitudes de sa carrière médicale qui feront de Céline, sous l'Occupation, un usager régulier et un chroniqueur occasionnel du pont de Bezons. Comme beaucoup de choses dans cette période de sa vie, les circonstances qui l'ont amené là sont assez sordides : contrairement aux airs qu'il se donnera, par la suite, de n'avoir accepté cet emploi que pour soulager la misère du monde, Céline a dû intriguer pour obtenir le poste de médecin du dispensaire de Bezons, occupé avant lui par « un nègre étranger [qui] doit normalement être renvoyé à Haïti », comme il le souligne élégamment dans une lettre au directeur de la Santé destinée à soutenir sa propre candidature (lettre reproduite dans *Céline à Bezons, 1940-1944*, de David Alliot et Daniel Renard, éditions du Rocher, 2008).

Mais quelles que soient les conditions dans lesquelles il l'a obtenu, cet emploi amène Céline à emprunter souvent le pont de Bezons, et à le mentionner à plusieurs reprises, dans sa correspondance ou dans sa préface déjà mentionnée au livre d'Albert Serouille. « Mais toute l'Histoire de la France, écrit-il dans cette dernière, passe par Bezons ! Précisément ! Au plus juste sur le pont de Bezons. » « Il faudrait à Bezons, poursuit-il, presque un pont amovible… Dix fois au cours de l'Histoire il saute, ressaute, tantôt en barques, tantôt en chêne, tantôt en pierres, toujours il s'envole ! […] Le pont de Bezons ne tient pas. […] J'étais là, sur ce parapet, en juin 40 ! Quel badaboum ! »

Et de nouveau badaboum, fin mai 1944, lorsque l'aviation alliée le bombarde, quelques semaines après avoir détruit, non loin de là, l'usine des Câbles de Lyon. Enfin trois mois plus tard, à la veille de l'arrivée des Américains, alors que le docteur Destouches, de son côté, s'est éclipsé depuis longtemps déjà, les

Allemands, en pleine débâcle, font sauter le pont de Bezons (débâcle : lors d'une précédente, en 1815, quelques jours après Waterloo, des rescapés de la Grande Armée, dans une vaine tentative pour retarder les Prussiens, mettent le feu au pont de bois inauguré quatre ans plus tôt par Napoléon).

L'une des particularités de la rue Anatole-France, à Nanterre, outre qu'elle honore un auteur que presque plus personne ne lit, c'est que dans un suprême effort, avant de se jeter dans l'avenue de la Commune-de-Paris, elle franchit l'autoroute A 86 non loin de l'échangeur — ou du demi-échangeur — par lequel celle-ci se connecte avec l'autoroute A 14. Au niveau de ce franchissement, le paysage que l'on découvre, en allant de gauche à droite, se compose principalement des voies sur pilotis du RER A, d'un bâtiment dont le mur extérieur, percé d'une haute ouverture ogivale, donne une impression d'inachèvement, mais qu'un panneau désigne comme la mosquée de Nanterre (et un autre comme la grande mosquée des Hauts-de-Seine), d'une dune de gravats, protégée par une palissade, provenant de la destruction, étalée sur une longue période, de l'usine des Papeteries de la Seine, dont seuls subsistent désormais une cheminée blanche, et au pied de celle-ci l'ossature d'un long atelier dépouillé de sa chair, enfin, à la limite de ce panorama, sur la droite, les toits roses — un choix de couleur étrange, s'agissant d'un établissement carcéral — de la maison d'arrêt des Hauts-de-Seine. Sans doute, les jours de grande affluence, la mosquée dispose-t-elle d'un accès à une cour désaffectée de l'usine. C'est en tout cas sur un mur de celle-ci que je remarque, le jeudi 4 juillet 2019 dans la matinée, un petit écriteau avisant les fidèles que la prière de l'Aïd al-Adha aura lieu le mardi 21 août à 10 heures : date d'où il ressort que l'écriteau remonte à l'année précédente, puisqu'en 2019 c'est le 11 août, à la même heure, que sera célébrée localement cette fête musulmane, comme je m'en assurerai en assistant dans la matinée à l'arrivée progressive des fidèles.

La veille du jour que je devais quant à moi voir se lever sur le pont de Bezons, afin d'envisager ce dernier sous un angle nouveau j'avais rejoint la rive gauche de la Seine non plus en amont, mais en aval, au niveau de son franchissement par la voie du RER A. Pour atteindre la berge, venant de l'avenue de la Commune-de-Paris, j'avais emprunté la rue

Gutenberg, qui comme la précédente, mais perpendiculairement à celle-ci, longe le mur de l'usine en cours de démolition. Sur cet itinéraire, il est inévitable qu'à un moment ou à un autre on côtoie, à moins qu'on ne le traverse, l'emplacement qu'occupait dans les années 60 du siècle dernier le bidonville dit « de la rue des prés », qui à son apogée a compté plusieurs milliers d'habitants, la plupart originaires d'Algérie, et que devait remplacer une cité de transit, la cité Gutenberg, inaugurée en grande pompe, le 29 juin 1971, par Jacques Chaban-Delmas, alors Premier ministre. Un peu en amont s'étendait à la même époque un autre bidonville, puis à partir de 1972 une cité de transit, nommés l'un et l'autre d'après le pont de Bezons dont ils étaient voisins.

Le long de la rue Gutenberg, devant une grille, infranchissable désormais, d'accès à l'usine, stationne une caravane de marque Caravelair, modèle « Palace », que j'ai connue successivement pavoisée d'un drapeau tricolore et gardée par un chien dont les aboiements m'avaient tenu à distance, puis occupée par une famille rom, et dès lors soustraite aux regards par des rideaux tendus sur une corde à linge, à l'abri desquels on entendait jouer des enfants, enfin abandonnée pour de bon, vandalisée, dépouillée de tout ce qui pouvait présenter une valeur marchande, même infime, à l'exception d'un réfrigérateur hors d'usage de marque Zanussi, d'un miroir circulaire et d'une horloge murale arrêtée à 11 h 25, cependant qu'au pied de la caravane traînait encore une boîte ayant contenu à l'origine de la margarine, remplie de nourriture pour chien ou chat à laquelle aucun de ces animaux n'avait touché.

Sur la berge, quand on suit vers l'amont la promenade aménagée, c'est à l'approche du second pont de chemin de fer, celui des Anglais, que pour la première fois dans cette direction apparaît le pont de Bezons : ou plutôt une partie seulement de ce dernier, reconnaissable entre tous, de jour comme de nuit, au mouvement pendulaire que décrit le tramway de la ligne T2.

Au pied même du pont de Bezons, lorsque je l'atteignis dans l'après-midi du 4 juillet, un athlète sexagénaire, torse nu, faisait des flexions en appui sur la rambarde, ne s'interrompant que pour me proposer une séance gratuite d'entraînement. Puis se vantant de réparer les vélos des cyclistes empruntant le chemin de halage, d'avoir déjà secouru un chien qui venait de se faire écraser sur le pont, et peu après une femme sur le point d'être violée, à la suite de quoi le mari de cette dernière avait voulu lui faire cadeau de sa propre voiture en témoignage de sa reconnaissance. En même temps, et comme il faisait de plus en plus chaud, des enfants, au nombre d'une dizaine, plongeaient de plusieurs mètres dans le fleuve ou s'y poussaient l'un l'autre, joyeusement, sans le moindre souci de la saleté de ses eaux, depuis une excroissance de cette promenade plantée qui court depuis le pont de Bezons jusqu'à Gennevilliers.

De la fenêtre de ma chambre, au cinquième étage de l'hôtel, ayant observé vers 17 h 30 que l'athlète, qui s'était momentanément absenté, venait de reprendre ses flexions, puis vers 18 h 15 qu'il les avait de nouveau interrompues, j'embrassai d'un seul regard, non seulement, comme je l'ai déjà signalé, le pont dans sa totalité, mais aussi, à l'extrémité de celui-ci du côté de Nanterre, la station Total avec son portique de lavage et sa Croissanterie, et au loin, au-dessus d'Argenteuil, la butte d'Orgemont couronnée de son moulin.

Vers 19 h 30, ayant quitté ma chambre, j'empruntai le pont une première fois, vers Bezons, afin de m'assurer que le McDonald's était effectivement fermé, je pus constater que le mât porte-enseigne du restaurant avait été démonté, et la salle vidée de son mobilier, tandis que sur ce qui avait été la porte d'entrée, une espèce de faire-part, adressé « à notre fidèle clientèle », la remerciait « pour tous ces moments passés à nos côtés ». « Au plaisir de vous recevoir au sein de nos autres restaurants », concluait, sur une note optimiste, « l'équipe du pont de Bezons ». Du coup, je n'avais d'autre choix que de revenir vers la rive nanterroise, afin de bénéficier de la réduction de 15 % consentie par le Grill Courtepaille aux clients de l'hôtel Première Classe. Vers 21 h 50, au sortir du Grill Courtepaille, je vis le soleil disparaître derrière l'horizon bezonnais, dix minutes environ avant que l'éclairage public ne s'allume. Il soufflait un léger vent, des joggers couraient, torse nu pour certains, des trottinettes et des vélos s'efforçaient de les éviter, et deux filles assez belles, me sembla-t-il, se partageaient sur le quai une pizza, l'une d'elles assise de telle sorte que je la crus tout d'abord unijambiste, éprouvant de ce fait un élan de pitié dont je me retrouvai embarrassé par la suite. Bientôt un fin croissant de lune s'éleva au-dessus de Bezons, dans un ciel où se diluaient les teintes excessives du couchant. Désormais accoudé au parapet du pont, je suivis la lente progression, vers l'amont, d'un bateau de croisière de couleur rouge qui me parut d'une taille prodigieuse. Un peu plus tard, une petite araignée manqua de grimper sur celle de mes mains que j'avais posée sur la rambarde, cependant qu'en aval du pont une carpe sautait, puis plusieurs, à moins que ce ne fût la même carpe qui sautait à plusieurs reprises. Les tramways passaient presque vides en direction de la porte de Versailles, et à peine plus remplis en sens inverse. En revenant vers la rive nanterroise, et vers cette chambre d'hôtel d'où je verrais le lendemain matin le jour se lever sur le pont de Bezons, j'observai que si j'ôtais mes lunettes, les tours de la Défense, réfléchissant les derniers rayons du soleil, qui à l'altitude où je me trouvais avait disparu depuis longtemps déjà, présentaient une ressemblance indéniable avec des icebergs éclairés de la même façon, et qu'au premier plan du tableau dont elles formaient le motif principal, le liseré de néon rouge courant le long du toit de la station Total, s'interrompant, faisait place à une série de caractères également lumineux, mais quant à eux de néon blanc, composant dans l'obscurité naissante les mots de « Pont de Bezons ».

Non moins arbitraire que le choix du pont de Bezons comme pivot de ce dispositif, celui de circonscrire mes reconnaissances des berges de la Seine à Melun, vers l'amont, et à Mantes, vers l'aval, tient peut-être, pour une part, à ce qu'un examen superficiel d'une carte de la région parisienne fait apparaître la position de ces deux villes comme plus ou moins symétrique par rapport à la capitale (et aussi, dans le cas de Mantes, à ce que cette ville marque la limite de validité du pass Navigo dans cette direction). Toujours est-il qu'à Mantes, j'entrai à pied, pour la première fois, au milieu de la journée torride du 14 juillet 2018, donc légèrement en dehors du cadre temporel imparti à ce projet, qui ne devait pas déborder, ou le moins possible, d'une période comprise entre le début du mois d'août, en 2018, et la fin de ce même mois l'année suivante. Quant à Melun, si ma volonté d'y entrer à pied, ou d'en sortir de la même façon, n'a jamais été aussi affirmée que dans le cas de Mantes, qui présente à cet égard des difficultés bien plus grandes, il est manifeste que je m'y suis rendu, également, en dehors de la période définie ci-dessus, puisque je me souviens d'y avoir vu, aux confins de la ville et de la commune voisine de Dammarie-les-Lys, le camp rom le plus vaste qu'il m'ait été donné de côtoyer dans la région parisienne. Or à la date de ma première visite dans le contexte du projet, le vendredi 17 août 2018, il n'y a déjà plus trace de ce camp, le terrain qu'il occupait ayant été remodelé afin de le rendre impraticable : la technique généralement employée consistant à labourer le sol comme pourrait le faire une charrue gigantesque, de manière à ce qu'il présente une succession de crêtes et de fossés entre lesquels il est parfois difficile de se tenir debout.

Ce même vendredi 17 août, en fin de matinée, avant d'aller constater la disparition du camp rom et son remplacement par un terrain labouré selon la technique que je viens d'évoquer, j'observe, accoudé parmi les pétunias au parapet du pont Notre-Dame, d'un côté deux dames d'un certain âge, à l'angle du quai du Maréchal-Joffre et du boulevard

Prosper-Laroche dit Dort-Debout, en train de nourrir plusieurs chats à travers la grille d'un jardin donnant des signes d'abandon, et de l'autre, sur la rive gauche de l'île Saint-Étienne, les bâtiments étrangement imbriqués d'une église et d'une prison, la seconde ayant pris la place d'un couvent jadis attenant à la première. Jamais, auparavant, je n'ai vu une prison en activité occuper dans une ville une position à ce point centrale, et dont son absence de voisinage, puisqu'elle remplit à elle seule toute la pointe de l'île du côté de l'amont, fait que depuis les deux rives elle se voit comme le nez au milieu de la figure. Toits de tuiles orange, mur gris-blanc percé sur trois niveaux de fenêtres garnies de barreaux, enceinte extérieure en meulière ponctuée d'échauguettes en brique rouge, l'ensemble allant en s'effilant vers la pointe et dominant de plusieurs mètres une étroite promenade qui suit le contour de celle-ci : de cet ensemble — peut-être parce que la prison, ou le « centre de détention », renferme surtout des détenus en fin de peine ? —, il émane un silence tel qu'à cause de ce silence, et aussi du caractère monumental de l'édifice, qu'accentue sa proximité — son imbrication — avec la collégiale, je retirerai tout d'abord l'impression qu'il s'agit d'un établissement désaffecté, en voie de muséification ou de transformation en logements de standing, impression dans laquelle je persisterai jusqu'à ce que, en observant plus attentivement, depuis la promenade herbue au pied de l'enceinte extérieure en meulière, une de ces tourelles en brique rouge, je remarque qu'elle abrite un gardien, sans doute armé, et lui-même en train de me regarder. Et toujours pas le moindre bruit, cependant, et pas plus de mouvement, comme si ce gardien était empaillé ou moulé dans de la cire. Pour atteindre cette promenade qui fait le tour de la prison et celui de la pointe, il faut traverser un petit jardin, situé en contrebas du pont Notre-Dame, qu'un peu plus d'un mois après ma précédente visite, le samedi 29 septembre, je trouverai souillé d'une incroyable quantité de boîtes de bière ou de Red Bull et de bouteilles de Label 5, et aussi d'une unique botte de femme, comme si sa propriétaire avait dû s'enfuir à cloche-pied. Pendant que je m'interroge à ce sujet, je suis hélé, de loin, par un groupe de six personnes, cinq femmes et un homme, réunis à l'instigation du Rotary Club pour faire bénévolement le ménage de la promenade. Bien que, personnellement, j'estime en avoir assez fait en attirant leur attention sur cet important gisement de déchets dans le petit jardin, ils m'invitent à les accompagner

— invitation à laquelle je ne pourrais me soustraire qu'en me désignant comme un mauvais coucheur —, et me collent dans les mains un grand sac-poubelle offert par les magasins Leclerc, ainsi qu'une paire de gants « Beaux jours », pour la taille des rosiers, offerts quant à eux par une jardinerie. Il faut dire qu'il y a de quoi faire : outre les déchets, habituels dans des lieux publics, dont j'ai cité plus haut un échantillon, on trouve sur cette étroite promenade, au pied des murs de la prison, d'inhabituelles quantités de plumes de pigeons, par petites touffes ou par gros paquets, et finalement un de ces oiseaux presque au complet, car il ne lui manque que la tête, tranchée net sans que le reste du corps présente aucune trace de morsure ou d'autres dommages, de telle sorte que j'en viens à me demander si ce ne sont pas les détenus, ou leurs gardiens, qui par désœuvrement s'amusent à capturer des pigeons pour les plumer, les ayant au préalable décapités. Finalement, je parviens à me défaire des bénévoles en prenant sur eux un tel retard qu'ils me perdent de vue, après quoi il me faut encore me débarrasser discrètement du sac-poubelle et des gants pour la taille des rosiers.

Aucun des souvenirs qui me lient à cette promenade du bout de l'île n'est d'ailleurs particulièrement réjouissant : un an plus tard, en août 2019, j'y vois de haut, depuis le pont Notre-Dame fleuri à nouveau de pétunias, une petite bande de jeunes gens vociférateurs occupés à bombarder des cygnes avec divers projectiles extraits d'une poubelle, puis s'efforçant sans succès de convaincre leur pitbull (ou quelle que soit la race du foutu chien) de se jeter à l'eau pour attaquer les oiseaux. Heureusement, il y a la pointe opposée de l'île, en aval, plus effilée que la pointe amont, exempte de prison, et plantée de six platanes énormes, dont les troncs, bosselés d'excroissances, ont pris avec le temps la couleur et la texture de la pierre, à force, j'imagine, de se trouver submergés à chaque crue de la Seine. À la pointe extrême de l'île, un escalier de quelques marches s'enfonce dans le fleuve, et c'est de là que je ne désespère pas de le voir un jour pris par les glaces, si possible au moment de la débâcle, de grandes plaques aux bords tranchants s'entrechoquant et se grimpant les unes sur les autres avec des craquements effroyables, tel que Claude Monet, à Vétheuil, l'a vu et peint lors du terrible hiver de 1880, quelques mois après la mort de sa première épouse.

À la sortie de Melun, vers l'aval, la route qui longe la Seine passe sous un pont de chemin de fer. Auparavant, le vendredi 17 août en début d'après-midi, un homme est étendu, endormi sur un banc, le linge qu'il vient apparemment de laver mis à sécher sur le dossier du banc. Non loin de là, un autre pêche, son allure suggérant qu'il le fait par nécessité plutôt que par plaisir. Au-delà du pont, si on prend sur la gauche la rue des Frères-Thibault, et dans celle-ci la dernière rue, sur la droite, avant un autre pont de chemin de fer, on atteint après quelques minutes, comme je ne devais le découvrir qu'un an plus tard, les ruines considérables d'une usine jadis spécialisée dans la production de radiateurs. Le long de la berge, dans l'angle qu'elle forme avec la route menant au Centre technique municipal, l'emplacement du camp rom se signale par les vagues que forme le terrain sur lequel il était établi. À ce niveau, un petit appontement bétonné, où traîne encore une chaise en plastique, s'avance dans le fleuve de quelques mètres, et ce motif se répétant, par la suite, à une ou deux reprises, il témoigne probablement, une fois de plus, d'une activité industrielle aujourd'hui disparue : d'ailleurs si la berge, en aval, dans la direction de Vosves, est bordée par ce qui apparaît comme un bois, et même comme un bois assez dense, séparé de la route par une clôture en plaques de ciment démolie par endroits, un examen plus attentif révèle que ce bois est en réalité de peu d'épaisseur, et qu'il recouvre un haut talus dont je présume, sans disposer d'aucun autre élément à l'appui de cette hypothèse, qu'il protégeait autrefois d'une éventuelle explosion les parages d'une usine où l'on manipulait des matériaux sensibles. Et même si je n'ai jamais pu me décider, Dieu sait pourquoi, à franchir cette clôture et à traverser ce bois, il est avéré, en effet, que de l'autre côté s'étend un terre-plein cimenté, parsemé d'une végétation de terrain vague, qui ne peut être que le sol mis à nu d'une ancienne usine. Sur l'un de ces appontements désaffectés, quel qu'ait pu être son usage d'origine, que l'on y ait ou non manutentionné dans le passé des substances explosives, j'ai écalé quant à moi deux œufs durs qui se sont avérés insuffisamment cuits, et dont le jaune encore partiellement liquide, en se répandant sur mes doigts, a attiré des guêpes si agressives, ou si insistantes, qu'assez vite j'ai dû me résoudre à abandonner à des cygnes ce qui restait de mon repas : peut-être en aurais-je plus volontiers fait don à des carpes, dont un panneau signalait que la pêche de nuit était autorisée, mais aucune n'était disponible à ce moment de la journée.

Plus loin dans la direction de Boissise, passé Vosves, là où il n'y a plus de route, sur la berge, mais un chemin étroitement uni à la voie ferrée, en retrait d'une petite plage des Belges ont installé un campement de pêche, du même niveau de confort et de sophistication que s'il était établi au bord d'un lac dans le Grand Nord canadien plutôt que sous le remblai du RER D, et accessible seulement par hydravion.

C'est le même jour, ou à quelques jours d'intervalle, durant l'été 2018, que pour la première fois j'ai foulé la lande des bruyères de Sainte-Assise et que j'ai remarqué, durant un arrêt du RER D en gare de Vigneux, que le camp rom démantelé à Dammarie s'était reconstitué, en contrebas de la voie ferrée, sur la berge de cet étang qui porte le nom sinistre de fosse Montalbot. S'agissant de la lande des bruyères, ce qui m'y avait attiré en premier lieu, c'était ces pylônes, au nombre de dix et alignés sur deux rangs, hauts de deux cent cinquante mètres, qui apparaissent au-dessus de la forêt, sur la rive droite de la Seine, dès la sortie du tunnel entre les gares de Villabé et du Plessis-Chenet, si l'on se déplace en train de l'aval vers l'amont, et depuis les parages de la gare de Vosves en sens inverse. Encore ne se contentent-ils pas d'apparaître :

car si leur dévoilement, au fur et à mesure que l'on s'en rapproche, se fait de manière régulière, ou à peu près, dans le sens amont-aval, il en va tout autrement dans le sens opposé, où l'ensemble qu'ils forment, émergeant de la masse sombre des bois, chacun ponctué à différentes hauteurs, même pendant la journée, de lumières clignotantes, cet ensemble passe à plusieurs reprises d'une rive à l'autre, ou en donne parfaitement l'illusion, durant le trajet parcouru par le RER D entre les stations du Plessis-Chenet et de Ponthierry-Pringy. Plus précisément, les dix pylônes glissent insensiblement de la rive droite à la rive gauche entre les gares du Plessis-Chenet et du Coudray-Montceaux, pour ne reprendre leur place sur la rive droite, et y demeurer, qu'entre les gares de Saint-Fargeau et de Ponthierry-Pringy, cette dernière étant aussi la plus proche du bois d'où ils émergent. Or ces pylônes si régulièrement alignés, si hauts et grêles, si enclins à changer de place, donnant une impression contradictoire de puissance et de fragilité, ces pylônes, enfin, dont on ne découvrira que plus tard à quoi ils servent, exercent une puissante attraction, on s'en doutait un peu, sur les ovnis, s'il faut en croire un familier de ces derniers, M. Christian Macé. Sur son blog, M. Macé rapporte comment le lundi

23 mai 1994, vers 4 heures du matin, se trouvant « avec deux amis en surveillance du ciel, juste à côté de ces grandes antennes », vingt minutes environ après qu'ils ont lancé « un appel mental pour souhaiter une apparition d'ovni », ils découvrent, « stupéfaits », « un ovni stationnant au-dessus des grandes antennes de Sainte-Assise » ! « Il est silencieux, ajoute-t-il, très gros, de forme oblongue, et d'un blanc lumineux intense qui fait contraste avec le ciel. » Hélas ! le temps que M. Macé coure vers sa voiture pour se saisir de son appareil photo, « l'ovni a disparu ». Et les photos qu'à défaut il publie sur son blog, prises à Sainte-Assise, nous assure-t-il, le 23 septembre 2009 à 7 h 03, par un de ses comparses, ces photos ne montrent qu'une toute petite tache blanche sur fond de ciel vaguement teinté de rose, sans aucun élément permettant de situer l'endroit où elles ont été faites.

Et si ce qui attirait la curiosité des extraterrestres, peut-être plus snobs qu'on ne l'imagine, c'étaient les souvenirs que conserve du prince de Beauvau-Craon, qui fut l'amant de la princesse Bibesco, ce petit château de Sainte-Assise aujourd'hui bien décrépit ? Décrépit au point qu'il ne semble plus habité, et entretenu, qu'en partie. Depuis les parages du château, il faut emprunter successivement plusieurs chemins différemment orientés, et dépourvus, peut-être à dessein, de toute signalisation, sous les frondaisons de ce qui doit être la forêt de Bréviande, ou plutôt le bois de Sainte-Assise, avant d'atteindre une route présentant des restes de revêtement, bordée de chênes énormes aux troncs bien droits, et menant à une clôture sur laquelle on peut lire l'avis suivant : « Zone de défense ultrasensible. Défense de pénétrer. Danger de mort. » Le tout sur un panneau barré de tricolore, surmonté d'une tête de mort aux deux tibias croisés. En levant le nez, on découvre alors que l'on est pour ainsi dire au pied d'un de ces pylônes de deux cent cinquante mètres de haut, et c'est aussi l'occasion de constater que les antennes qu'ils supportent, à eux dix, car c'est à cela qu'ils servent, sont disposées en nappe : une nappe d'une finesse arachnéenne, ou du moins est-ce l'impression qu'elle donne vue d'en bas, et qui se déploie parallèlement au sol entre les sommets des pylônes. Et même si je suis bien conscient d'avoir déjà mentionné d'autres lieux déserts et silencieux, et de donner peut-être l'impression de les rechercher avec une insistance suspecte, le fait est que celui-ci l'est au plus haut point, on n'y entend, à de longs intervalles, que la rumeur lointaine du RER D, et encore faut-il pour cela que le vent souffle dans la bonne direction, et à propos de vent on y entend aussi le bruit que fait celui-ci dans les arbres — et le cas échéant, s'il souffle en tempête, dans les pylônes —, enfin, et pour ce qui concerne le jour de ma première visite, les piaulements d'un couple de buses. Et ce qui va de pair avec le silence, bien sûr, c'est l'absence de toute activité humaine perceptible : une seule fois, un jour où en compagnie de Celui-des-ours je longeais le segment le plus long de la clôture protégeant cette installation — et ce jour-là, cela me revient tout à coup, nous avions observé en chemin pas moins de deux musaraignes mortes, leurs minuscules cadavres encore exempts de pourriture —, notre manège avait fini par attirer de l'autre côté du grillage une jeep menée par deux soldats qui après avoir coupé le moteur nous avaient observés sans mot dire mais plutôt avec bienveillance, m'avait-il semblé, même s'il n'est pas douteux que ce sentiment s'adressait à Celui-des-ours plutôt qu'à moi-même. La surveillance dont ce périmètre fait l'objet, et la discrétion qui l'entoure, tiennent à ce que ces antennes en nappe, supportées par les dix pylônes, sont destinées aux échanges avec les sous-marins assurant la part maritime de la dissuasion nucléaire. En 2013, à propos de la décision controversée d'interdire à la circulation la voie communale reliant Boissise-la-Bertrand à Saint-Leu, laquelle coupait en deux le territoire de l'installation militaire, le commandant de la Force océanique stratégique, l'amiral De Coriolis, dans une interview à *La République de Seine-et-Marne*, expliquait que cette discontinuité territoriale réduisait la portée des émissions radio au point que si « nous pouvons communiquer avec les sous-marins », en revanche « un ordre de tir serait impossible à transmettre » : or à quoi bon disposer de sous-marins nucléaires lanceurs d'engins si aucun ordre de tir ne peut leur parvenir ?

Même si c'est elle qui occupe les lieux depuis le début des années 90, la marine n'est pas à l'origine de ce centre de Sainte-Assise, inauguré en 1921, pour un usage civil et sous une forme entièrement différente, par la compagnie Radio-France. De cette époque il subsiste quelques bâtiments, en bordure de la réserve naturelle adjacente aux installations militaires, et au milieu de celle-ci, éparpillés, plusieurs dizaines de mâts ou de pylônes rouillés et vermoulus, dont le caractère totémique éveille chez le visiteur non prévenu un vague sentiment de sacrilège.

À la veille de la Seconde Guerre mondiale, nous apprend le mémoire de maîtrise, soutenu en 1971, d'une certaine Céline Chambon, des territoriaux du 216e régiment régional d'infanterie furent déployés pour protéger les installations du Centre radioélectrique de Sainte-Assise. N'ayant pas grand-chose à faire, ils chassent le lapin dans le parc du château — celui qui appartint au prince de Beauvau-Craon — et l'officier qui les commande leur fait construire des cabanes. En mai 40, le personnel civil est évacué vers la Bretagne avec une partie du matériel, suivi de peu par le capitaine Cabane — car tel est son nom — à la tête du 216e. Et ainsi de suite jusqu'à ce qu'« un matin du mois de mars 1941, écrit dans son mémoire de maîtrise Céline Chambon, le chef du Centre de Sainte-Assise, revenu de son exil breton, reçoive la visite du lieutenant Hoke, de la Kriegsmarine » : visite qui entraînera la réquisition du Centre par la marine allemande et la remise en état de ses équipements. « Les Allemands, ajoute Mlle Chambon, avaient découvert que les ondes longues pouvaient pénétrer dans l'eau jusqu'à quatre-vingts mètres de profondeur. » Conséquence de cette découverte, le Centre radioélectrique servira désormais aux transmissions vers les sous-marins allemands, ce qui devrait en faire une cible de choix pour les bombardiers alliés si les Britanniques n'avaient pas jugé plus intéressant, semble-t-il, d'intercepter ces communications qu'ils sont parvenus à décrypter. La vie du Centre se poursuit donc assez paisiblement, sous l'Occupation, si l'on excepte une ou deux tentatives de sabotage sans grandes conséquences, la chute d'un bimoteur allemand, en novembre 1943, qui à cause du brouillard s'est pris les pieds dans un des pylônes, ou le suicide au printemps 1944 d'un cuisinier de la Kriegsmarine ayant appris que toute sa famille avait péri en Allemagne sous un bombardement. Le 17 août de la même année, les Américains approchant, les Allemands sabotent à la va-vite les installations avant de prendre la fuite, faisant sauter derrière eux le pont qui relie Sainte-Assise à Ponthierry.

Peut-être un esprit complotiste trouverait-il matière à réflexion dans le fait que les Américains, qui d'après Mlle Chambon n'ont traversé la Seine, à Ponthierry, que le 24 août, aient réalisé dès le 23, et un peu en aval, la même performance, s'il faut en croire les deux stèles érigées sur la rive gauche à la hauteur de Saint-Fargeau : d'autant que le texte gravé sur ces deux stèles — dans le marbre pour l'une, et pour l'autre dans le bronze — affirme identiquement qu'« Ici, le 23 août 1944, la 5e division de l'armée du général Patton a traversé la Seine en direction du Rhin », alors qu'elles sont éloignées l'une de l'autre d'un bon kilomètre. Sauf qu'il n'y a rien d'anormal, tout compte fait, à ce qu'une division blindée prenne un peu ses aises pour traverser un fleuve, surtout lorsque ce mouvement n'est pas contré. Quant à ma propre progression sur la rive gauche de la Seine, peu de choses, entre Ponthierry et Corbeil, viennent rompre sa monotonie. En amont de l'ensemble formé par le barrage et l'écluse du Coudray-Montceaux, l'ancienne maison éclusière au crépi jaune, que j'ai connue squattée, est désormais murée, sans qu'on sache ce qu'il advient pendant ce temps de son jardin, bien visible depuis la voie ferrée mais non depuis la berge. À l'entrée de Corbeil, juste avant que le chemin de halage ne se confonde avec le quai Jacques-Bourgoin, il longe une petite plage sur laquelle sont regroupés des oiseaux appartenant à au moins sept espèces différentes dont aucune n'est rare. Enfin, ce quai Jacques-Bourgoin s'étant révélé interminable, ce ne fut que vers 13 heures, en ce samedi 27 octobre, que j'atteignis la place du Comte-Haymon, où le temps exceptionnellement doux avait incité un certain nombre de gens à déjeuner en plein air : tant devant l'un ou l'autre des deux restaurants halal, dont celui, Au rendez-vous des amis, qui affichait des « spécialités turques », que devant le Salengro, dont le menu du jour offrait « moules marinières et frites maison », et sur la terrasse duquel mangeait de bon appétit un homme qui me parut être un sosie de l'abbé Pierre.

Si, de cette place du Comte-Haymon, où se

tient certains jours un marché, on emprunte la rue des Remparts, on aperçoit de loin, du côté gauche, l'enseigne engageante de l'hôtel de Venise, qui doit son nom, du moins est-il permis de le supposer, au fait que son versant opposé à la rue baigne dans l'Essonne, à ce niveau une petite rivière dont le confluent avec la Seine n'est distant que de quelques dizaines de mètres. Comme beaucoup de choses dans la partie ancienne de Corbeil, l'hôtel de Venise a périclité (bien qu'il soit encore référencé sur internet, avec même un numéro de téléphone qui, si on le compose, vous met en relation avec un message d'indisponibilité curieusement enregistré en anglais), et il ne présente plus à la rue des Remparts qu'un rideau de fer abaissé, au rez-de-chaussée, et à l'étage une fenêtre entrouverte sur l'appui de laquelle on a mis du linge à sécher. Le rez-de-chaussée de la maison voisine est occupé par la boutique, minuscule, d'un « coiffeur pour hommes » à 10 euros la coupe, jouxtant un café dont la vitrine est en grande partie masquée par une affiche du Croissant rouge du Kurdistan, et devant lequel, souvent, des hommes sont attroupés pour fumer. Au débouché de la rue des Remparts, sur la gauche, l'Essonne est enjambée par l'avenue Darblay, après quoi elle est entraînée dans une petite chute, puis s'engouffre en bouillonnant sous un haut mur de brique, et c'est ainsi, soustraite aux regards par les bâtiments des Grands Moulins de Corbeil, qu'elle conflue souterrainement avec la Seine, engendrant à la surface de celle-ci des remontées de sédiments qui attirent les oiseaux, et qui sont le seul signe à quoi l'on peut reconnaître qu'elle vient de recevoir un affluent.

Maintenant, si, de retour place du Comte-Haymon, on prend à l'opposé de la rue des Remparts la rue Saint-Spire, dont les cartes postales d'époque suggèrent qu'elle fut la principale artère commerçante de Corbeil, on y relève de nombreux indices de la transformation sociale et de la paupérisation de cette partie de la ville, la plus ancienne, autour de la cathédrale à laquelle la rue doit son nom : boutiques faillies aux vitrines passées au blanc, multiplication des officines de crédit et des commerces ethniques tels que le salon de coiffure Kin-Malebo, la Boutique Exotique La Gloire, El Baraka-Shop — « prêt-à-porter, qamis / hijab, cosmétiques, musk, henné, livres et quotidiens » —, elle-même en faillite, ou encore le magasin Gözde mariages, qui a occupé deux emplacements de part et d'autre de la rue avant de se regrouper d'un seul côté, et dont la vitrine présente, disposées sur des mannequins, miroitantes dans la pénombre lorsque la boutique est fermée, des robes de mariées chargées de broderies et destinées principalement, sinon exclusivement, à une clientèle turque. Turque ou kurde d'ailleurs, car bien que cette question soit délicate à poser aux intéressés s'ils ne l'abordent pas d'eux-mêmes, il semble qu'une grande partie de la population identifiée comme turque, à Corbeil, soit d'origine kurde. Et même, dans une proportion inconnue, sensible à la propagande du PKK, ce parti kurde révolutionnaire qui se réclame du marxisme autant que de la pensée de son fondateur, Abdullah Öcalan, et dont la branche syrienne a joué le rôle héroïque que l'on sait dans la lutte contre l'État islamique.

Le 1er novembre 2018, jour de la Toussaint, j'ai pour la première fois poussé la porte du café Mekan, rue du Cloître-Saint-Spire, au pied de la cathédrale. Auparavant, j'avais été longuement me promener dans Corbeil et, par la rue Émile-Zola, jusqu'au quartier des Tartes-rêts et jusqu'à l'autoroute la Francilienne qui marque la limite nord de celui-ci. En chemin j'avais visité celle des épiceries Château-Rouge — Corbeil en compte au moins trois — située à l'angle des rues Lafayette et Émile-Zola, qui faisait ce jour-là une promotion de tilapia à 3,90 euros le kilo et de cuisses de poulet halal à 14,50 euros le carton de dix kilos, je m'y étais interrogé sur l'identité du leader en tenue léopard, le visage grêlé, coiffé d'une casquette, dont le portrait trônait dans la vitrine, j'avais questionné à ce sujet le gérant qui m'avait éconduit en grommelant, et ce n'est que plus tard que j'avais découvert, sur internet, qu'il s'agissait de Velupillai Prabhakaran, le chef des Tigres tamouls abattu par l'armée sri-lankaise au cours de l'année 2009. Mais si le visage de Velupillai Prabhakaran, de même que son nom, m'étaient inconnus jusque-là, ce n'était pas le cas du visage et du nom d'Abdullah Öcalan, et c'est pourquoi, de retour au centre de Corbeil, je n'eus aucun mal à reconnaître son effigie, sur le mur qui me faisait face, sitôt que j'eus poussé la porte du café Mekan. Lorsque j'y pénétrai en fin de matinée, ce café, que peut-être on pourrait qualifier plus exactement de bar à chicha, n'accueillait que deux clients, en plus de la serveuse officiant derrière le comptoir — sur lequel était posée, en évidence, une pile de journaux du PKK —, qui quant à elle était jeune, brune, souriante, et dont il apparaîtrait bientôt, malheureusement, qu'elle ne parlait pas un mot de français. C'était également le cas du plus jeune des deux clients, l'air farouche, portant un jean déchiré, mais non de son compagnon plus âgé qui vivait en France, où il était arrivé enfant, depuis une trentaine d'années. Même si je ne lui ai pas demandé quel métier il exerçait, tel qu'il apparaît dans mon souvenir il me semble qu'il doit être artisan, dans un domaine comme la plomberie ou la menuiserie, et sans doute à son compte. Bien que la maison qu'il s'est fait construire en Turquie, dit-il, soit située sur la côte occidentale de ce pays, face à la mer Égée, c'est de l'est que sa famille est originaire, d'une ville ou d'un village proche du mont Ararat, en haut duquel, me rappelle-t-il, s'est échouée l'arche de Noé. De manière imprévisible, car il donne l'impression d'être un homme tout à fait rationnel, il ajoute que personne n'a jamais réussi à atteindre le sommet de cette montagne et que tous ceux qui s'y sont essayés ont péri en chemin. À la question de savoir s'il est kurde, il répond qu'il parle les deux langues, le turc et le kurde — dont il existe par ailleurs au moins deux formes —, que si les nationaux turcs de Corbeil sont majoritairement d'origine kurde ils n'ont pas de problèmes avec les autres, et vice versa, et que d'une façon générale lui-même croit à l'indivisibilité de l'espèce humaine, dans laquelle il inclut, précise-t-il, comme si ça n'allait pas de soi, un type apparemment fou, du moins soliloquant, qui vient de s'asseoir à l'extérieur du café, vêtu d'un duffle-coat, coiffé d'un turban, et dont mon interlocuteur présume qu'il est originaire de Somalie. Son compagnon, le jeune homme à l'air farouche et au jean troué, est curieux de savoir si j'adhère aux idées du PKK : question à laquelle je ferai une réponse dilatoire mais relativement sincère, dans laquelle je m'efforce d'exprimer, sans me compromettre, un degré raisonnable de sympathie pour la cause kurde, si malaisée que soit en réalité la définition de celle-ci. Dans ma réponse, j'ai mentionné le nom de Diyarbakir, une ville où je me suis rendu dans un passé récent, et tous louent l'excellence de ma prononciation de ce nom difficile, ce dont je retire une certaine satisfaction d'amour-propre. Quant à la jeune femme qui ne parle pas un mot de français, elle serait arrivée tout récemment de la région de Batman, une autre ville de l'est de la Turquie.

Nous en étions à ce point de la conversation, en ce jeudi de Toussaint, lorsque des échos assourdis d'une musique d'orgue, provenant de la cathédrale Saint-Spire toute proche, m'ont attiré sur le parvis de celle-ci où était affiché l'avis suivant : « Il est possible qu'en entrant dans cette église vous entendiez *l'appel de Dieu* (souligné), par contre il est peu probable qu'il vous contacte par téléphone :

merci de rallumer votre portable en sortant. » L'auteur de cette notice, qui témoignait de ce que toute trace d'humour n'avait pas disparu de l'Église catholique, était apparemment le grand curé africain, ou d'origine africaine, comme la plupart des prêtres desservant aujourd'hui des paroisses de banlieue, qui se tenait sous le porche, revêtu de ses ornements sacerdotaux — sans doute la messe venait-elle de se terminer —, en train de papoter avec un groupe de dames dont la plupart étaient également noires. De cette conversation sur le parvis de la cathédrale, comme auparavant de celle des présumés supporters du PKK, il émanait quelque chose d'accueillant qui donnait envie d'y prendre part, mais la crainte de déranger me tint à distance, comme elle avait failli le faire, un peu plus tôt, sur le seuil du café Mekan. Et au lieu de m'y joindre je m'engageai au hasard dans cette rue bizarrement nommée du Trou-Patrix où je retombai, comme cela devait m'arriver encore à deux reprises au cours des mois suivants, sur l'homme au turban, le présumé Somalien, toujours soliloquant : « J'vais pas aller habiter comme un couillon dans une petite chambre sur la nationale 7, ça me rapporterait quoi ? »

Au point où la rue de la Barre franchit l'Essonne, dans l'angle que forme le pont avec la rive gauche de celle-ci, une maison à deux étages, les volets ouverts au premier et clos au second, donnait sur un jardin non entretenu, plus terreux que végétal, au milieu duquel un gros chien se tenait immobile à côté d'une poussette vide. Sans doute la maison était-elle en chantier. Du côté de la rivière, le mur qui soutenait le jardin s'était effondré sur une longueur de plusieurs mètres, et pour une raison inconnue, peut-être un souvenir d'enfance qui ne parvenait pas à prendre forme, le spectacle de cette brèche me causa une peine assez vive.

Le samedi 10 novembre 2018 en fin de matinée, il crachine tout d'abord, avant de pleuvoir pour de bon, sur la place du marché des Tarterêts, à la périphérie de Corbeil-Essonnes, sans que cette légère intempérie décourage le quêteur, porteur d'une barbe, vêtu d'un anorak, qui non loin d'un étal exposant de la littérature salafiste collecte de l'argent pour la construction d'« un masjid à Dourdan ». À partir de la place du marché — sur laquelle donne, un peu en retrait, la coquille vide, piquée d'une haute cheminée, de ce qui fut la chaufferie des Tarterêts, mais si séduisant que soit cet édifice on ne peut pas toujours se complaire à décrire des ruines dans le détail —, l'avenue Strathkelvin côtoie la mairie, puis un centre commercial, puis cet hôtel Saraga qui de loin ressemble à un Formule 1 mal en point, avant de laisser sur sa gauche le bâtiment blanc, couronné de tuiles vertes, de la grande mosquée de Corbeil, puis de revêtir la forme d'une route pour enjamber la Francilienne et poursuivre sa course vers Évry. Juste avant ce franchissement, la route doit percer le haut talus, planté de peupliers, formé probablement par les déblais de la Francilienne, et sur la crête duquel un minuscule camp rom a survécu — c'est du moins ce que suggère la fumée que l'on voit s'élever entre les arbres — aux efforts déployés, ici comme à Dammarie, pour le rendre inaccessible : soulèvement en vagues du terrain, pose de blocs de béton à l'entrée de la piste le desservant.

Un peu plus tôt dans l'avenue Strathkelvin, au niveau de sa confluence avec l'avenue du Général-de-Gaulle, un chemin qui prend sur la droite, sous les arbres, le long de la clôture de l'hôtel Saraga, mène à un groupe d'immeubles isolés, en contrebas, où l'on rejoint la rue Émile-Zola, comme je le fis moi-même non plus le 10 novembre — le jour où il pleuvait sur le marché des Tarterêts — mais quelques semaines plus tard, le 14 décembre, par un temps sec et froid, pour le coup, et d'une luminosité exceptionnelle (luminosité qui associée à la gelée blanche faisait ressortir la profusion avec laquelle la clématite sauvage, couverte en saison de fruits semblables à des touffes de laine brute, avait envahi les clôtures de part et d'autre des voies du RER, et au-delà toutes les surfaces verticales favorables à la croissance de cette liane). Tendu sur toute la hauteur d'une fenêtre, un drapeau turc met une tache d'un rouge éclatant sur la façade d'un des immeubles (voilà au moins un endroit, à Corbeil, où les clients du café Mekan ne seraient sans doute pas les bienvenus). De là, contournant le terrain occupé par une usine de préfabriqués, la rue Émile-Zola dessert une petite zone industrielle au milieu de laquelle, non loin de l'arrêt ZI-Les Tarterêts du bus 50 Express à destination d'Évry / Courcouronnes, au fond de la rue Gustave-Eiffel, se trouve un restaurant si petit, si bien caché, si propre et joliment arrangé, tenu enfin par une dame si aimable, qu'il s'agit vraisemblablement d'un sortilège.

Il en va tout autrement, comme je l'ai déjà signalé, de l'épicerie Château-Rouge située à l'angle d'Émile-Zola et de Lafayette, dont la devanture s'orne d'un portrait de Velupillai Prabhakaran et dont le gérant écarte en grommelant les questions relatives à l'identité de celui-ci. Quant à la rue Lafayette, elle longe interminablement le mur du cimetière de Corbeil, mais même sans cela elle ne serait pas gaie, elle passe sous un pont de chemin de fer, elle coupe la rue de Seine, l'une et l'autre, surtout de concert, réunissant déjà un grand nombre d'éléments romanesques ou cinématographiques, et ce n'est encore rien à côté de la rue du Gaz, qui joint la précédente à la rue Decauville. La rue du Gaz avait attiré mon attention une première fois, à la mi-novembre, un jour gris où les rues placées sous le vent des Grands Moulins de Corbeil, et les voitures stationnées dans ces rues, étaient recouvertes d'une fine couche de farine d'un blanc jaunâtre, exhalant une odeur écœurante. À la mi-novembre déjà, j'avais noté comment depuis l'intersection de la rue de Seine et de la rue du Gaz — intersection dominée par un petit immeuble de trois étages, en meulière —, la seconde apparaissait bordée des deux côtés, sur la plus grande partie de sa longueur, de murs nus. Et comment l'on y entendait avec une extrême netteté, à de courts intervalles, le clopodop clopodop des trains quand ils passaient au-dessus de la rue Lafayette. À la mi-décembre, un examen plus attentif me révèle que du côté gauche, la continuité du haut mur qui borde la rue du Gaz, toujours envisagée depuis son intersection avec la rue de Seine, n'est interrompue que par la porte condamnée d'un transformateur électrique, tandis que du côté droit, plus favorisé, le territoire d'un centre de contrôle technique automobile jouxte celui d'une entreprise de peinture et de vitrerie. De ce côté, un drapeau tricolore, qui sans doute a pavoisé l'une de ces entreprises à l'occasion d'une quelconque célébration, décroché de sa hampe traîne sur le trottoir, jusqu'à ce qu'une dame qui pousse un caddie s'en empare. Bien que je l'aie cru tout d'abord rempli de produits de récupération, le caddie de la dame est en fait chargé de prospectus publicitaires qu'elle distribue çà et là, même si de ce point de vue la rue du Gaz, si peu peuplée, ne semble pas un terrain très propice. Dans le fond, au-dessus de la rue Decauville, où les flaques d'eau demeurées dans l'ombre toute la matinée sont encore recouvertes d'une fine et craquante couche de glace, un silo gris-blanc et massif, environné de pigeons, domine le paysage. Il en sort une bande transporteuse, ou un convoyeur à bande, par le truchement de laquelle, ou duquel, des céréales stockées dans le silo se déversent dans la cale d'une péniche, cependant qu'un héron cendré lâche en vol, au-dessus du fleuve, tout un chapelet d'excréments, émettant par la suite un « couac » sonore qui doit être l'expression de son soulagement.

Sur la rive gauche de la Seine à la sortie de Corbeil, le jeudi 15 novembre, sur un terre-plein non aménagé à la hauteur duquel stationnent des poids lourds, une camionnette siglée À l'en-cas d'Ève proposait des « sandwichs américains, frites, kebabs », et une petite table avait même été disposée sur la terre nue, avec trois ou quatre chaises, pour le confort des clients. Un peu plus tard, en passant sous le tablier de la Francilienne, je me souvins d'avoir pique-niqué là, debout et en vitesse, plusieurs mois auparavant, en compagnie de Celui-des-ours avec qui nous devions effectuer, déjà, une liaison Corbeil-Grigny, parce que nous n'avions pas trouvé de meilleur endroit pour nous abriter d'une pluie battante. Au niveau du port d'Évry, ou de ce que les cartes désignent ainsi, comme à Gennevilliers on entend aboyer des chiens dans un refuge, et lorsqu'on passe seul à proximité de celui-ci, ou du moins à portée d'aboiement, par un temps maussade et à la tombée de la nuit, comme il m'est arrivé de le faire, on n'éprouve aucune envie de s'attarder. Bien qu'il m'ait fait jadis une excellente impression — peut-être parce qu'il est très vert, très arboré, et qu'à l'époque je devais être surtout à la recherche de verdure —, cet itinéraire, jusqu'aux abords de Grigny, est pauvre en péripéties. Pour que l'attention soit sollicitée de nouveau, il faut attendre d'avoir passé le pont qui relie Ris-Orangis à Champrosay, en aval duquel, sur la rive gauche, j'ai noté avec grandiloquence, à la date du 4 décembre 2018, que s'opérait un « retour à la sauvagerie ». Et un peu plus loin : « transformateur abandonné, tagué, envahi par le lierre, environné de détritus », l'apparition de ce monument malgré lui étant apparemment ce qui m'a convaincu que la sauvagerie était de retour. Et il est de fait qu'au-dessus du sentier riverain et en retrait de ce transformateur s'étend sur une grande profondeur un terrain plat, parsemé de gravats, envahi par la végétation habituelle de ronces, de mousses, de buddleias et de clématites sauvages, inaugurant une série de terrains vagues qui ne se distinguent l'un de l'autre que par la nature de leur sol, selon qu'il est de terre, et broussailleux, ou revêtu par endroits de plaques de ciment marquant l'emplacement d'anciens parkings ou d'anciens ateliers. Sur l'un de ces derniers, d'énormes pneus de tracteurs ou d'engins de chantier sont disposés comme des pions sur un échiquier. Et à l'arrière-plan d'un autre, dont la couverture végétale évoque la toundra, à mi-distance entre la berge et une cité de Grigny dont on aperçoit tout au fond les barres de logements, une longue file de wagons-trémies, couleur de rouille, stationne sur une voie de garage.

Inévitablement, en marchant le long des berges de la Seine, outre qu'il est très rare que survienne un événement quelconque, ou même une simple rencontre, à moins de l'avoir suscitée, on retombe de loin en loin sur des spectacles identiques à quelques détails près, dont l'un des plus courants est celui d'un convoyeur à bande transportant au-dessus du quai ou du chemin de halage des céréales en vrac ou d'autres marchandises moins nobles, telles que des matériaux de construction. Et de nouveau, en effet, alors que l'on approche de Grigny, une telle bande transporteuse, vibrant et tressautant, tendue entre un silo à céréales et une péniche en cours de chargement, dilapide en chemin assez de grains pour attirer autant de pigeons, du côté de la terre, que de cygnes et de canards du côté de l'eau. À la boue de la berge, qu'une averse récente a détrempée, s'agrège maintenant une poussière de céréales qui la rend plus collante et plus lourde à la semelle. Puis vient ce long alignement de réservoirs d'hydrocarbures, au-dessus du chemin, qui la première fois que je l'ai vu m'est apparu comme un des lieux où je pourrais un jour trouver refuge, ou du moins me cacher quelque temps, si j'étais recherché, hypothèse que mon âge et ma situation rendent parfaitement absurde, c'est une affaire entendue, mais qu'au demeurant j'ai toujours autant de plaisir à contempler. À l'écart des autres, une citerne également cylindrique, mais d'un volume bien moindre, se distingue par la peinture bleu ciel dont elle est revêtue et qui la désigne plutôt comme un jouet ou comme une œuvre d'art. Passé le dépôt d'hydrocarbures, le chemin franchit sur une passerelle un peu branlante le canal qui relie la Seine au lac dit « de l'arbalète » avant de rejoindre une route, goudronnée, qui s'éloigne de la berge, abandonnant celle-ci à sa très relative sauvagerie. Tout d'abord il y a un bout de route, elle aussi revêtue, desservant deux maisons dont l'une est murée, ce qui n'invite pas à la gaieté, même si l'autre, sa voisine, semble habitée et entretenue avec soin. Suit un sentier rustique, mais dont le tracé est encore bien visible, au début, dans la végétation de la berge, surplombé par la clôture d'une entreprise de location d'engins de levage. C'est peu après que ça se gâte, lorsque le même sentier, sous le couvert des arbres désormais, n'existe plus qu'en pointillé, disparaissant puis reparaissant selon que la berge est plus ou moins abrupte et le sol plus ou moins recouvert d'une mixture de mousse, de feuilles mortes et de champignons pourris. Tout cela glissant et se dérobant sous le pied. À un moment le sentier, ou ce qui en tient lieu, transite par une petite plage, isolée de la Seine par un simple bourrelet de débris végétaux, qui doit être submergée à chaque passage d'une péniche. Non loin de là se voient les restes d'une cabane, ou plutôt d'une bauge, qui pourrait avoir été creusée et tassée dans la végétation par un gros animal, si seulement nous nous trouvions au cœur d'une véritable forêt, et non de quelque chose qui en revêt traîtreusement l'apparence. Lorsque finalement je me casse la gueule, comme je m'y attendais depuis un bon moment, c'est un peu de propos délibéré, m'étant accroché, pour franchir un dénivelé important, à une sorte de liane dont je sentais qu'elle ne me supporterait pas jusqu'au bout, et que cette entreprise se terminerait presque inévitablement par une chute. Après coup, consultant Google Maps pour y reconstituer mon itinéraire, je m'émerveillerai qu'il ait pu m'arriver autant de choses, et de si remarquables, sur un trajet aussi court, environné d'activités humaines aussi triviales que le stockage d'hydrocarbures ou la location d'engins de levage.

À la suite de cet incident, m'étant heurté sur la berge à la clôture protégeant le domaine de l'entreprise GCA Supply Packing, je suis revenu sur la route que j'avais dédaignée un peu plus tôt, au niveau des deux maisons dont l'une est murée et l'autre non, j'ai contourné le terrain où sont parqués les engins de levage, j'ai rejoint la départementale 931 que j'ai empruntée sur une courte distance jusqu'au rond-point qui la voit se jeter dans la nationale 7. Outre qu'il donne sur une étendue d'eau que les cartes désignent tantôt comme l'étang de la Justice et tantôt comme le lac de Viry-Châtillon, ce rond-point offre plusieurs options de restauration rapide, dont la plus attrayante était jadis un Grill Courtepaille, aujourd'hui disparu, qui jouissait d'une vue appréciable sur le lac et sur les oiseaux, nombreux et communs, qui le fréquentent. Le plus vaste de ces établissements est désormais un restaurant chinois, le Pavillon Impérial, qui quelques jours avant Noël, en 2018, non content d'annoncer qu'il serait ouvert le 31 décembre, affichait déjà un menu de réveillon à 37 euros par adulte, 17 euros pour les enfants de six à douze ans et gratuit en deçà, à supposer qu'il se trouve beaucoup d'enfants de moins de six ans pour assister à un dîner de réveillon. Depuis le rond-point, c'est avec des chances égales de succès que l'on peut tenter soit de se rendre à Juvisy en suivant la rive gauche de la Seine, soit de gagner la gare de Grigny-Centre en empruntant à travers les étangs la rue du Port, puis la rue Pierre-Brossolette au numéro 10 de laquelle, en face de l'église, Sidney Bechet a passé les dernières années de sa vie. Dans sa partie haute, la rue Pierre-Brossolette présente un échantillonnage de commerces et d'enseignes caractéristique d'une commune de banlieue, entre la boutique Lycamobile — « appeler le monde pour moins cher » —, le Chick'n King halal, le salon de coiffure Peigne Affro's ou le 350 Street Pizza, sans oublier, ancrés dans une tradition plus ancienne, la boulangerie-pâtisserie, le fleuriste, le vétérinaire et le laboratoire d'analyses. C'est aussi dans cette rue Pierre-Brossolette que prend, vers l'avenue des Sablons, le chemin des Renards, dont on aimerait savoir pourquoi il s'appelle ainsi.

L'Orge, dont je ne connaissais jusque-là l'existence qu'à travers un certain nombre de toponymes, parmi lesquels celui de Juvisy-sur-Orge, je pense l'avoir vue pour la première fois en chair et en os, si je puis dire, dans cette dernière ville, lorsque je m'y rendais de loin en loin pour visiter mon ami Malengele, dit Blondeau, ci-devant colonel de l'armée de Mobutu, dans cet établissement où il devait recevoir longuement des soins qui ne le guérirent pas. Pour atteindre l'établissement en question, situé à Juvisy en bordure de la nationale 7, je devais depuis la gare emprunter pour commencer l'avenue d'Estienne-d'Orves, et c'est de sous cette dernière, à la hauteur de la place du Maréchal-Leclerc, que je vis l'Orge sortir de terre, puisqu'elle est auparavant recouverte, vérifiant ainsi qu'il s'agissait d'une rivière bien réelle, sur le fond de laquelle, agitées par le courant, croissaient des herbes aquatiques, cependant que des canards barbotaient en surface. Et non seulement l'Orge existe mais elle le fait doublement, puisqu'il apparaît sur les cartes, et aussi sur le terrain, que c'est non pas une mais deux Orge, ou au moins deux bras issus de cette rivière et portant l'un et l'autre son nom, qui se jettent dans la Seine à plusieurs kilomètres de distance, le premier au pied même de l'agence Pôle-Emploi de Viry-Châtillon et le second près de la gare d'Athis-Mons. Un peu en amont de ce second confluent, les voies du RER D franchissent la Seine après avoir survolé les montagnes de ferraille à différents degrés de transformation, depuis la carcasse entière d'automobile jusqu'à ce qui de loin ressemble à de la paille de fer, érigées à Athis-Mons sur le site exceptionnellement étendu d'un centre de broyage. Sur la rive opposée du fleuve, la voie ferrée s'enfonce dans ce qui peut apparaître, brièvement, comme une forêt, avant que cette illusion se dissipe dès l'entrée en gare de Vigneux. Pour des raisons difficiles à démêler, mais qui tiennent peut-être, pour une part, à la proximité de vastes étendues non urbanisées, la gare de Vigneux et ses abords semblent exercer sur les Roms une attraction qui dans un passé récent s'est traduite par l'installation successive de plusieurs camps, chaque démantèlement d'un de ceux-ci entraînant à brève échéance sa reconstitution dans un lieu voisin du précédent. C'est le samedi 8 septembre 2018 — mais peut-être était-il là depuis quelque temps déjà — que j'ai remarqué la présence d'un camp de grandes dimensions établi sur le rivage de la fosse Montalbot, un étang qui occupe en contrebas de la gare de Vigneux le site d'une ancienne sablière. Vu de la voie ferrée, et du fait de sa situation, sous les arbres et au bord d'un plan d'eau voué en temps ordinaire à diverses activités de loisir, tels le dressage des chiens ou l'initiation à la voile, ce bidonville, de prime abord, pouvait présenter l'aspect anodin d'un camping. Sans doute son installation à Vigneux était-elle en rapport avec l'expulsion du camp de Dammarie. Un peu avant la mi-novembre, lors d'un nouveau passage par Vigneux, je constatai en même temps la disparition du camp riverain de l'étang et l'apparition d'un autre camp, de dimensions plus modestes, en contrebas du quai ouest de la gare de Vigneux, et presque à l'intérieur du périmètre de celle-ci. Sur l'emplacement de l'ancien camp, au bord de la fosse Montalbot, une pelleteuse, assistée d'un personnel nombreux, était en train de rassembler, dans la mesure du possible, les déchets qui par quantités formidables — plusieurs dizaines de tonnes, selon l'édition régionale du *Parisien* —, et sur toute son étendue, jonchaient le terrain précédemment occupé. Sans doute est-ce aussi à la présence de ce camp, ou de ces camps successifs, que je dois d'avoir remarqué cette autre particularité de Vigneux qu'est le maintien, entre la rive droite de la Seine et la voie ferrée, d'une importante zone agricole, desservie par une route en cul-de-sac, le chemin de l'écluse, généralement libre de toute circulation. Né près du parking de la gare, le chemin contourne tout d'abord l'ancienne ferme de Noisy, dont l'entrée a été condamnée par suite d'un premier envahissement, puis il longe sur la gauche le mur d'un parc, ou plutôt d'un bois, qui doit dépendre du château de Port-Courcel : mur qui lui aussi a fait l'objet d'une tentative d'effraction, d'où résulte une brèche, large de plusieurs mètres, grossièrement colmatée par des blocs de béton (entre deux desquels une chaussure de sport est restée prisonnière, comme si quelqu'un s'était coincé le pied en tentant de franchir cet obstacle). Sur la droite, excepté là où s'est immiscé un terrain de motocross, ce sont des champs qui s'étendent, couverts à la fin du mois de décembre de jeunes pousses de ce qui doit être du blé d'hiver, et bornés au loin par des haies dont la partie basse déborde de clématite sauvage. C'est sur ce chemin qu'un jour je rencontrerai M. Loutre — moi à pied, lui au volant de sa camionnette jaune de la Poste, électrique et parfaitement silencieuse, de telle sorte que je ne l'aurai pas entendu venir —, mais il est encore trop tôt pour l'introduire.

Auparavant il me faut atteindre l'écluse d'Ablon et poursuivre au-delà jusqu'à ce bras d'eau d'apparence naturelle, bien qu'il s'agisse en fait d'un canal, qui sépare la Saussaie des Gobelins de l'île Brune : le nom de la Saussaie désignant les terres agricoles situées de ce côté-ci du canal, et celui d'île Brune les friches qui sur la rive opposée s'étendent jusqu'aux confins de Villeneuve-Saint-Georges. Inaccessible derrière le grillage qui la protège des intrus, l'écluse d'Ablon est enjambée par une passerelle, reliant les deux rives de la Seine, qu'une collision avec un pousseur a mise hors d'usage, et dont la réouverture au public est repoussée de mois en mois, en dépit de promesses fallacieuses et en vertu d'« arrêtés provisoires » successifs. Au-delà de l'écluse et à l'approche de la maison isolée, haute et grise sous son toit de tuiles rouges, propice à l'imagination de choses terribles dont jamais elle n'a été le théâtre, qui marque la limite extrême de la tournée de M. Loutre et aussi celle de la route, celle-ci, sur les quelques dizaines de mètres qui lui restent, change de nom, et de chemin de l'écluse devient chemin d'Ablon à Villeneuve-Saint-Georges. C'est donc qu'un tel chemin, reliant *via* l'écluse ces deux villes, a existé dans le passé, ce qui explique l'erreur par laquelle pèche le plan disposé en face de la gare de Vigneux, sur lequel ce chemin d'Ablon à Villeneuve-Saint-Georges est représenté franchissant sur un pont, tel qu'il existait apparemment jusqu'au début des années 80, le canal, enfoui sous la végétation, qui sépare aujourd'hui la Saussaie des Gobelins de l'île Brune aussi sûrement que le détroit de Messine sépare la Sicile de la Calabre. En contrebas de cette maison grise à toit de tuiles rouges qui marque l'extrémité de la route, un quai cimenté ne semble avoir été bâti que pour la commodité des pêcheurs, ou plus vraisemblablement pour faire patienter les bateaux en attente d'un éclusage. Lorsque je mets le pied sur ce quai, en ce samedi 22 décembre 2018 dont la matinée fut d'une douceur printanière, alors que midi sonne sur l'autre rive au clocher de l'église d'Ablon, j'y découvre deux étrons encore fumants dont l'origine humaine ne fait malheureusement aucun doute. Or tout ce périmètre de la Saussaie des Gobelins étant aujourd'hui désert, à perte de vue, et silencieux dans l'intervalle entre deux survols à basse altitude d'avions sur le point d'atterrir, il m'est désagréable d'imaginer que deux personnes capables de chier au beau milieu d'un quai autrement impeccable s'y trouvent embusquées, peut-être en train de m'épier, à moins naturellement que, leur forfait accompli, elles n'aient déjà quitté la zone (mais le fait que je ne les ai pas croisées auparavant, sur la seule route reliant la Saussaie des Gobelins au monde extérieur, rend cette hypothèse hasardeuse). C'est donc avec une vague appréhension de tomber nez à nez avec les chieurs que je reprends ma progression vers le détroit de Messine, entre le champ piqueté de jeunes pousses de blé d'hiver et la berge, haute de plusieurs mètres, fragilisée par l'érosion et par les ouvrages souterrains des rongeurs, dominant par endroits de petites plages où plongent les racines ou les troncs à demi noyés des arbres du talus. À l'extrémité du champ, parmi les ronces, les saules et les clématites sauvages qui ont envahi cette embouchure, on distingue encore les restes de maçonnerie marquant le confluent avec la Seine du canal qui sépare la Saussaie des

Gobelins de l'île Brune. Pour suivre ce canal, à partir de son embouchure, à défaut d'un sentier je dois marcher tout d'abord sur le dernier sillon du champ de blé d'hiver, écrasant à mon grand regret quelques jeunes pousses, avant de trouver dans la haie qui le borde un passage vers la berge, en un point où libre de ronces, à l'ombre de grands arbres, elle présente quelques-uns des signes habituels d'une occupation sporadique : pierres noircies par le feu sur un lit de cendres, boîtes de bière, flasques de whisky Label 5 ou de vodka Poliakov. Peu visible, une construction basse, évoquant un blockhaus, abrite un bateau pneumatique apparemment en état de marche, dont M. Loutre, comme il me le confiera par la suite, pense qu'il est utilisé par des Roms du voisinage pour poser des filets ou d'autres engins de pêche. Depuis le bord de l'eau, en se penchant, on aperçoit sur la gauche l'épave de ce qui dut être un house-boat, et sur la droite celles de plusieurs péniches, à demi immergées et disparaissant partiellement sous la végétation de la berge, telles que l'on imagine le croiseur *Königsberg* après que ses adversaires britanniques, en 1915, l'eurent acculé dans le delta du Rufiji. Sur la rive opposée du canal, au pied d'un grand arbre ployé vers la surface, un enfant pêche, à côté d'une tente Quechua bleue dont on ne peut voir si elle est occupée, et dans le lointain, au-delà d'un champ en friche hérissé d'une végétation grise et drue, de la fumée s'élève au-dessus de ce qui doit être un campement.

Ma première rencontre avec M. Loutre survint en décembre 2018, la veille de Noël, alors qu'en fin de matinée il terminait sa tournée, au volant de sa camionnette jaune mue par l'électricité et parfaitement silencieuse. Même s'il n'est pas né à Vigneux, M. Loutre a de cette ville une connaissance qui remonte à loin puisqu'il se souvient de s'être baigné avec ses frères et sœurs dans le canal séparant l'île Brune de la Saussaie des Gobelins, en un temps où ce dernier était non seulement baignable, au moins du point de vue d'un enfant, mais sensiblement plus large, comme on le voit sur d'anciennes cartes postales, et où d'une façon générale l'eau que l'extraction du sable ou du gravier avait fait entrer à l'intérieur des terres occupait à Vigneux une superficie bien plus étendue qu'aujourd'hui. Dans le peu de temps qu'a duré ce premier entretien, nous avons abordé plusieurs sujets d'intérêt général, tels que la condition des migrants ou celle des Roms, deux groupes humains, le second en particulier, dont M. Loutre paraissait avoir une longue expérience et auxquels il témoignait de la sympathie, même si c'était pour la pêche, et de très loin, qu'il manifestait le plus d'intérêt, et parmi toutes les pêches, celle de la carpe : la carpe qu'à certaines époques de sa vie, assurait-il, il lui était arrivé de pêcher presque chaque jour, ou plutôt presque chaque nuit, puisque la carpe, comme je l'ai appris de sa bouche, est un poisson qui se pêche de préférence dans l'obscurité. Et bien que nous soyons appelés à retrouver M. Loutre au printemps prochain, on peut déjà mentionner qu'il conserve dans son téléphone quelques images de carpes ou de silures, ces derniers d'une coloration jaunâtre et d'une taille remarquable, pêchés de nuit soit à l'écluse d'Ablon soit au pied du château de Port-Courcel.

Le lendemain de cette première rencontre avec M. Loutre, et donc le jour même de Noël, par un temps sec et froid, bravant un mouvement social qui entraînait une raréfaction des trains sur la ligne D du RER, je me suis rendu à Villeneuve-Saint-Georges où je suis arrivé vers midi. Tous les jours, et à longueur de journée, du fait de la proximité de l'aéroport d'Orly, Villeneuve-Saint-Georges est survolée par des avions volant à basse altitude, à l'atterrissage ou au décollage selon la direction du vent (du moins je le présume), et le mardi 25 décembre 2018 c'était au décollage, ce qui ne fait aucune différence en ce qui concerne le bruit. Dans la partie centrale de la rue de Paris, dont le nom suggère qu'elle a été dans le passé la rue chic de Villeneuve, la plupart des commerces sont ouverts, et c'est l'occasion de constater que comme à Corbeil, et même de façon plus nette encore, ces commerces, en même temps que le centre-ville se paupérisait, se sont ethnicisés, les progrès de la certification halal, dans l'alimentation, allant de pair avec une prolifération extraordinaire des salons de coiffure dont la clientèle, comme le personnel, est issue de l'immigration : pas moins de onze, du plus humble au plus clinquant, sur les trois ou quatre cents mètres que mesure ce segment de la rue de Paris. Aux deux tiers environ de sa longueur, à l'angle de la rue du Pont-de-Fer, sur le mur, revêtu d'un crépi jaune silure, d'une maison dont le rez-de-chaussée abrite un fast-food halal, le Chicken Ville 9, une inscription peu visible et curieusement imprécise signale que « Mme de Sévigné a séjourné à plusieurs reprises dans cet immeuble vers les années 1676 ».

En passant le pont sur l'Yerres, qui marque de ce côté l'extrémité de la rue de Paris, j'aperçois, assis sur le muret qui surplombe la rive opposée, un groupe de trentenaires, certains coiffés de bonnets de père Noël, que je prends tout d'abord pour des Slaves mais qui peuvent aussi bien être des Daces, Villeneuve-Saint-Georges accueillant une importante population originaire de Moldavie, et qui quoi qu'il en soit sont occupés à boire des bières, depuis un bon moment à en juger par leur joyeuse humeur. Sans doute n'est-ce pas la première fois, car juste au-dessous d'eux, sur le quai de l'Yerres, s'est formé peu à peu un cône de boîtes de bière, plusieurs centaines, et dans une moindre mesure de bouteilles : cône dont les joyeux Slaves, ou Daces, par manière de plaisanterie, essaient de me faire croire qu'il n'est fait que de ce qu'ils ont bu dans la matinée. Au bout du quai, après qu'il a passé successivement sous le pont de la nationale 6 puis sous celui du chemin de fer, et juste avant que l'Yerres, pour en finir, se jette dans la Seine, une rampe s'élève jusqu'à la sente de Vigneux, laissant sur sa droite, dans le mouvement qu'elle fait pour s'élever, cette maison abandonnée, entourée d'un jardin ou de ce qui fut un jardin, dont la silhouette et l'état de dévastation, l'une et l'autre visibles de loin, sont familiers aux usagers de la ligne D du RER. Dominée par la voie ferrée et parallèle à celle-ci, la sente de Vigneux se prolonge dans le chemin du Port-Brun, par lequel on parvient dans le quartier gitan. Nombreuses, dans ce quartier, sont les maisons à disposer d'une cour aux allures de parking, ceinte de hauts murs, dans laquelle s'entassent par dizaines les caravanes habitées, témoins des relations, difficiles à démêler pour quelqu'un de l'extérieur, que la population installée de longue date entretient avec les derniers arrivés. Là où le chemin du Port-Brun, vestige du chemin disparu d'Ablon à Villeneuve, se sépare de la voie ferrée et s'infléchit brusquement vers la Seine, il est barré par de gros blocs de béton entre lesquels, en ce mardi 25 décembre dans l'après-midi, je vois se faufiler deux jeunes femmes roms, tirant ou poussant des caddies, qui me saluent au passage d'un « Bonjour ça va ? ». La raison pour laquelle le chemin est barré par ces gros blocs — et un peu plus loin par ces levées de terre déjà observées à Dammarie ou en d'autres lieux —, c'est qu'un an auparavant, un premier camp s'y était établi au milieu de ce qu'on ne peut guère désigner que comme des champs non cultivés, ou des friches agricoles, leur étendue et leur aspect rural écartant l'idée de terrain vague. Pas plus qu'ailleurs ces mesures dissuasives n'ont empêché l'installation, au-delà des blocs de béton mais en deçà des levées de terre, d'un nouveau camp, de dimensions un peu moindres que le précédent, auquel je me heurte par hasard, ce 25 décembre, en voulant rejoindre le canal dont j'ai exploré quelques jours plus tôt l'autre rive. Bon, les gens sont un peu surpris de me voir, c'est exact, comme moi de tomber sur eux, au moment où un groupe d'hommes, aux accents d'une musique balkanique — musique enregistrée, tout de même, nous ne sommes pas dans un conte de Noël —, est en train de faire griller sur un brasero, au milieu du chemin, de gros morceaux de poisson : et plus précisément, soupçonné-je, de gros morceaux de carpe. « Ça vient de la rivière ? » demandé-je, après que nous avons échangé des saluts, en indiquant vaguement la direction de la Seine. « Non, non, se récrient les servants du brasero, pas la rivière ! acheté ! », car ils me prennent sans doute pour un inspecteur des pêches, ou quelque emmerdeur du même genre. Puis ils me signalent, tout cela plutôt par gestes, car autrement nous n'avons pas de langue commune, que le chemin sur lequel ils sont installés est sans issue, soit qu'ils veuillent m'épargner de vains efforts, soit, et cette seconde option est tout de même la plus vraisemblable, pour que je ne m'obstine pas plus longuement à mettre mon nez dans leurs affaires. Mais je leur fais comprendre que même si le chemin est sans issue, comme nécessairement il doit l'être, j'ai l'intention, pour satisfaire ma curiosité, de l'emprunter jusqu'au bout. Pour cela, il me faut dès la sortie du camp contourner les levées de terre, contre lesquelles s'appuie désormais une décharge sauvage, puis reprendre le sentier, ou ce qu'il en reste, à travers les friches agricoles, jusqu'à l'espèce de forêt-galerie qui borde le canal, de ce côté-ci comme de l'autre. L'après-midi maintenant touche à sa fin, et la lumière rasante fait briller d'un éclat presque fluorescent, sur la rive opposée, les jeunes pousses de blé d'hiver, dans le champ dont trois jours auparavant j'ai dû piétiner la lisière. En dessous de moi, car en ce point la berge est haute de plusieurs mètres, je vois l'arbre ployé que j'avais remarqué depuis l'autre bord, et au pied de celui-ci le même enfant pêcheur, lequel est vraisemblablement à l'origine des tronçons en train de griller sur la braise. C'est aussi en rentrant de cette expédition que j'ai échangé avec ma cousine un peu plus âgée que moi, qui habite Villeneuve-le-Roi, juste en face, et que je n'ai pas revue depuis une vingtaine d'années, des vœux de Noël.

Un peu avant la mi-janvier je suis retourné à Villeneuve-Saint-Georges, principalement afin d'établir un compte exact des salons de coiffure de la rue de Paris, parce que les chiffres que j'avais notés, à deux reprises et à quelques jours d'intervalle, ne concordaient pas. Je voulais aussi relever l'inscription relative aux séjours de Mme de Sévigné, ce que je n'avais pu faire jusque-là, dans la mesure où ce n'est pas en toutes circonstances, ni en tout lieu, que l'on peut sortir un carnet de sa poche et prendre des notes. Auparavant je traînai quelque temps dans la rue Henri-Janin où se tenait un marché en plein air, aux deux extrémités duquel deux quêteurs collectaient pour la construction d'une mosquée à Torcy. Au café Chez Nasri, en revanche, prévalait une atmosphère résolument laïque, et quelque peu chauvine à en juger par l'écharpe tricolore

— celle de l'équipe de France de football — déployée au-dessus du comptoir. Sur l'écran plat et large d'un téléviseur réglé sur CNews, dans l'indifférence de la clientèle principalement arabe du café, des gilets jaunes d'âges divers, blancs dans leur écrasante majorité, débarquaient à Bercy, par milliers, en prélude à leur célébration hebdomadaire. Lorsqu'en remontant la rue de Paris, plus tard dans la matinée, j'ai compté de nouveau les boutiques de coiffure, je suis arrivé au nombre de douze, parmi lesquelles il y en avait une dont le rideau de fer était baissé et l'immeuble dont elle occupait le rez-de-chaussée promis à la démolition, ce qui nous ramenait bien à onze, comme je l'avais noté précédemment. Et de toutes ces boutiques, la plus vaste, la mieux décorée, avec ses miroirs aux cadres dorés, celle qui comptait le personnel et la clientèle les plus nombreux, était apparemment d'obédience congolaise, et c'était aussi la dernière, sur le trottoir de droite de la rue de Paris, avant la fin de celle-ci et le pont sur l'Yerres. En l'empruntant, ce pont, pour gagner la rive gauche de l'Yerres et ce « chemin des Pêcheurs » qui la longe, j'ai remarqué, flottant entre deux eaux, retenu par un obstacle invisible qui le maintenait immobile, un pantalon dont les deux jambes ondulaient, gonflées par le courant, un peu comme si le vêtement avait effectivement contenu les membres inférieurs d'un noyé : du moins est-ce l'impression que je ressentis sur le moment. Et c'est dans ces dispositions que je m'engageai sur le chemin des Pêcheurs, convaincu — avec raison, comme la suite devait le prouver — que je commettais une erreur, et que c'était exactement le genre d'endroit où il valait mieux ne pas se rendre sans s'y être préalablement fait reconnaître. Entre la rue et la rivière s'étend tout d'abord un terrain vague au sol soulevé comme par une explosion — qu'il s'agisse de prévenir l'installation d'un campement, une fois de plus, ou de contenir une prochaine crue —, planté d'arbres dont beaucoup ont été abattus de manière peu orthodoxe, apparemment brisés, ou déchiquetés, plutôt que sciés proprement. Plus loin, au numéro 13 du chemin des Pêcheurs, se voit une maison abandonnée qui a brûlé en partie, réplique en plus modeste de celle qui domine le confluent de l'Yerres et de la Seine, et c'est au-delà de cette maison que les choses se sont gâtées pour moi. Si on regarde sur Google Earth des vues aériennes de ce quartier, on remarque un grand nombre de ces cours ceintes de murs et remplies de caravanes, telles que j'en avais déjà observé bordant le chemin du Port-Brun. À l'entrée d'un terrain de ce genre, dont le portail, entrouvert, ne permet pas de voir ce qui se passe à l'intérieur, un homme se tient debout, une planche à la main, tandis que sur un côté de la chaussée, pour la première, et en plein milieu pour la seconde, deux voitures sont arrêtées, portières ouvertes, d'où viennent de s'extraire quelques hommes jeunes, qui pourraient être de même origine que les buveurs de bière du parapet. Me voyant approcher, et lui-même en proie, soudainement, à une grande agitation, l'homme à la planche, brandissant celle-ci contre moi, enjoint aux hommes plus jeunes qui se tiennent au milieu de la route de s'emparer de ma personne : « Attrapez-le, c'est une balance ! » Tandis que je bredouille quelques mots de protestation, les hommes ainsi sollicités hésitent, peu enclins semble-t-il à se jeter sur moi, soit que, se trouvant en situation irrégulière, ils soient peu désireux d'aggraver leur cas en s'en prenant à un quidam, soit, tout simplement, que cette injonction leur semble dépourvue de sens, comme elle l'est en effet. Pendant ce temps je me suis mis en position de fuir, ce que je fais bientôt, d'un pas aussi mesuré que possible afin de ne pas donner prise aux accusations infamantes dont je fais l'objet, poursuivi par les imprécations de l'homme à la planche qui sans doute voit dans ma retraite, même pondérée, la preuve du bien-fondé de ses soupçons. Mais le plus comique, dans cette affaire, c'est que rentré chez moi sain et sauf, en consultant un reportage du *Parisien* sur les inondations de l'hiver dernier dans ce quartier du Blandin, j'y trouvai le portrait d'un homme présenté comme un bienfaiteur de sa communauté, et d'autre part comme un infirme, dans lequel je crus reconnaître, avec tout de même une marge d'incertitude, l'homme qui m'avait menacé de sa planche, dénoncé comme « une balance », et avait incité sans succès d'autres personnes à s'emparer de moi. L'article du *Parisien* précisait d'ailleurs que cet homme si bienveillant pour les siens pouvait se montrer très méfiant à l'égard des étrangers. Bien que mon premier réflexe ait été de m'esclaffer en voyant décrire comme un homme bon celui que je croyais reconnaître comme mon agresseur, dans un second temps je m'efforçai d'envisager les choses d'un autre point de vue que le mien, comme un juge impartial aurait pu le faire, et j'aboutis au résultat suivant : premièrement, en me promenant quelques jours auparavant sur le chemin du Port-Brun, dans un quartier dont je savais les habitants vigilants, je m'étais certainement fait remarquer, et remarquer comme quelqu'un qui n'avait rien à faire là, et qui de temps à autre, sans doute, s'était arrêté pour prendre des notes. Secondement, poursuivis-je en essayant toujours de me placer d'un point de vue favorable à l'homme à la planche, celle-ci, plutôt que comme une arme par destination, pouvait être envisagée comme une canne improvisée, s'il était avéré qu'il souffrait d'un handicap affectant sa mobilité. Troisièmement, en ameutant le peuple contre moi, il estimait sans doute agir d'une manière ou d'une autre pour le bien de sa communauté. Cependant ma magnanimité, de toute façon passagère, ne m'avait pas aveuglé au point de négliger que s'il s'était senti menacé par ma présence, c'était dans la mesure où il était en train de se livrer à une activité illicite (et peut-être effectivement répréhensible, par surcroît), ou sur le point de s'y livrer, sans quoi d'ailleurs ce n'était pas le mot de « balance » qu'il aurait employé pour attirer sur moi la vindicte de ses partenaires : car pour devenir une balance, encore faut-il avoir été témoin de quelque chose à balancer.

Lors de ma retraite, ayant franchi à rebours le pont sur l'Yerres dans laquelle le pantalon enchanté ondulait toujours, immobile entre deux eaux, je déjeunai rapidement à la Baguette d'or, une boulangerie halal de la rue de Paris équipée d'un four à pizza, avant de traverser souterrainement les voies du chemin de fer au niveau de la gare de Villeneuve-Saint-Georges, puis de m'engager sur la berge en direction de Villeneuve-Triage.

Là où la départementale 138 fait un coude pour se rapprocher de la Seine, quelques maisons, datant probablement des premières décennies du siècle passé, se sont retrouvées isolées sur une bande de terre étroitement comprimée entre le fleuve et la route, elle-même repoussée par le faisceau des rails qui va s'élargissant à l'approche du triage. Dans ce groupe de maisons, que l'on atteint à pied, depuis Villeneuve-Saint-Georges, par le chemin de halage, il en est une qui a longtemps abrité un restaurant de couscous, le Timgad, qui en plus d'être accueillant disposait à l'opposé de la route d'une petite cour, pleine d'objets déclassés et partiellement envahie par la végétation, donnant sur le fleuve et entretenant avec lui une relation si étroite que lorsqu'il était en crue elle ne pouvait manquer d'être inondée. Puis le Timgad a fermé, il y a déjà quelques années, et bien que son enseigne soit toujours visible, à la volée, pour les passagers du RER D, il ne donne aucun signe d'une réouverture prochaine. À peu près en même temps que disparaissait le Timgad, me semble-t-il, une maison toute proche est devenue un hôtel, certainement l'un des plus petits établissements de ce genre dans la région parisienne, qui ne se signale dans la réalité que par une minuscule plaque, sur la façade, portant le mot « hôtel » en caractères blancs sur fond bleu, et sur internet, à défaut d'un nom qui lui soit propre, par celui de son propriétaire ou de son gérant, M. Boukoubaa Lakhdar. Lorsque je me suis entretenu avec ce dernier, ou du moins avec la personne qui gardait la maison le jour de ma visite, il m'a signalé que toutes les chambres (et il ne doit guère y en avoir plus de quatre ou cinq) étaient momentanément occupées, par « des gens envoyés par la mairie », a-t-il précisé, ajoutant qu'il s'en libérerait peut-être une dans les jours à venir, mais insistant sur le fait qu'en tout état de cause elles n'étaient destinées qu'à des « personnes seules », peut-être par crainte que je veuille faire de son établissement un usage licencieux. Si bref qu'il ait été, cet entretien dut être interrompu au moins une fois par un bruit assourdissant de réacteurs, l'hôtel étant situé à l'endroit même où les avions sur le point d'atterrir à Orly survolent la Seine. Et ce bruit, qui associé au spectacle des avions train et volets sortis est plutôt réjouissant, quand on est seulement de passage, ce bruit accompagne longuement le marcheur qui progresse en direction de Choisy-le-Roi, en proie à l'ennui, tantôt sur un chemin de halage et tantôt sur le bord d'une route.

À Choisy-le-Roi on est dimanche, le 20 janvier, et c'est jour de marché. À 10 h 20, cependant que les cloches sonnent avec vigueur, depuis le porche de la cathédrale Saint-Louis dont l'une des façades est ornée de l'inscription « salle Jean-Jaurès » et l'autre de la devise « Liberté Égalité Fraternité », j'observe que la crèche de Noël, dans cette église décidément hors normes, à côté de quelques moutons est garnie de trois ours blancs, dont il n'est pas difficile de prévoir qu'ils vont se jeter sur les premiers pour les dévorer. À 10 h 30 je m'engage sur le chemin goudronné qui longe la rive gauche de la Seine en contrebas de la voie ferrée. Cris des mouettes, bruit fracassant des trains répercuté par la rive opposée, rumeur de la circulation sur l'autoroute A 86 là où elle franchit la Seine, à la limite de Choisy et de Vitry. De partout se voient les deux cheminées, leur sommet escamoté par les nuages, de la centrale électrique désaffectée de Vitry.

Le brouillard s'éclaircit, sans se dissiper complètement, alors que je progresse le long du quai Jules-Guesde vers le chantier de la station Puits Arrighi de la ligne 15 Sud du Grand Paris Express. Pendant un bon quart d'heure, tout ce qui s'étend sur la gauche du quai fait partie de l'entreprise Sanofi. À l'angle de la rue des Fusillés, qui marque la limite nord du territoire de celle-ci, on aperçoit à distance, du côté des voies de chemin de fer, ce qui ressemble à des citernes d'hydrocarbures : et voici qu'en effet un panneau d'information, indiquant un « dépôt pétrolier », précise qu'en cas d'alerte relative à ce dernier, un signal sonore sera émis, composé de trois cycles d'une durée d'une minute quarante et un pour chacun d'entre eux (faut-il en conclure que si l'on entend un signal d'une durée moindre ou supérieure, il n'y a pas lieu de s'inquiéter ?).

Jusqu'à une date indéterminée de l'année passée, la berge, au niveau de la centrale thermique, était inaccessible, barrée par d'énormes canalisations et enjambée par un portique, destinés pour les unes au refroidissement de cet équipement et pour l'autre à son approvisionnement en combustible. La première fois que je me suis rendu de Paris à Choisy par la berge, je suis tombé à l'improviste sur un petit campement que des réfugiés, au nombre d'une dizaine, avaient dressé à l'abri du portique : réfugiés dont plusieurs, je me souviens de ce détail, étaient en train de se raser, et dont je décidai sur le coup qu'ils étaient afghans, sans trop savoir, dans la mesure où la soudaineté et le caractère fortuit de cette rencontre nous avaient momentanément frappés de stupeur, eux comme moi, et privés de la parole. Par la suite, poursuivant mon chemin sur la berge en direction de Choisy, j'avais éprouvé quelques difficultés à franchir l'obstacle que formaient alors les canalisations de refroidissement, m'interdisant de rebrousser chemin par crainte de perdre la face auprès de ces réfugiés dont je ne doutais pas, surtout s'ils étaient afghans, qu'ils étaient eux-mêmes très sourcilleux sur ce point.

Dans la rue de la Baignade, dont il semble que d'un côté elle se trouve à Vitry et de l'autre à Ivry, au numéro 7, près de l'angle qu'elle forme avec le quai, un immeuble isolé de cinq étages, en brique, si chétif qu'on ne donnerait pas cher de sa peau, affiche au premier étage un drapeau portugais en loques, et au rez-de-chaussée ce graff, un peu solennel, emprunté à un poème de René Char : « Aujourd'hui est un fauve demain verra son bond. » Sur le quai, au niveau de ce qui fut jadis la baignade d'où la rue tire son nom, un père et son fils, le second âgé peut-être de sept ou huit ans, passent à bicyclette. Le père : « Aujourd'hui, on n'a pas vu d'oiseaux. » Le fils : « Non. »

Si, au lieu que la Marne se jette dans la Seine, c'était l'inverse qui s'était produit, cela n'aurait sans doute rien changé à l'aspect de leur confluent, décevant pour quiconque en attendait quelque chose. Lors de ma première visite dans le cadre de ce projet, le 20 janvier 2019, plus heureux que le père et son fils à bicyclette, j'y ai vu voleter un troglodyte — il s'agit d'un petit oiseau, dont le site oiseaux.net nous apprend que le mâle construit plusieurs nids parmi lesquels c'est la femelle qui choisit — abrité dans le feuillage défraîchi d'un buddleia poussant à mi-hauteur du quai, en pleine vue du complexe Chinagora, avec son mur rose framboise et son toit de tuiles vertes. Et lors d'une seconde visite, sept mois plus tard, outre que le buddleia avait refleuri, un bâtiment industriel de vastes proportions venait d'être abattu à l'angle de la rue Marcel-Sallenave, laquelle était désormais fermée à la circulation et consécutivement transformée en décharge sauvage de pneus et de gravats. À mi-chemin entre cette rue Sallenave et la passerelle, à l'usage exclusif des piétons et des cyclistes, menant d'Ivry à Charenton, sur le trottoir du quai Auguste-Deshaies, loin de toute activité commerciale ou récréative, stationne ce jour-là une Cadillac Escalade de couleur noire (en blanc, c'était autrefois la voiture préférée de Britney Spears), dont les vitres teintées empêchent de regarder à l'intérieur. Survient alors, débouchant de la passerelle, un groupe de cyclistes du troisième âge que la présence de ce luxueux véhicule obstruant le trottoir mécontente mais qui n'osent s'en plaindre qu'à mi-voix, soupçonnant que j'en suis le propriétaire, et que si je l'ai garé dans ce lieu isolé, malcommode, surplombant une rivière, ce ne peut être qu'afin de faire disparaître les traces d'un crime.

La traversée de Paris, ce sera pour une autre fois. En attendant, nous sommes le jeudi 24 janvier, il a neigé la veille ou l'avant-veille, mais avec parcimonie, et il n'en reste que peu de traces dans la rue des Abondances à Boulogne-Billancourt. Si Celui-des-ours, à cette occasion, ne m'avait pas rejoint, peut-être le spectacle des établissements de gérontologie ou de « long séjour » donnant sur cette rue des Abondances, associé aux conditions météorologiques, aurait-il éveillé chez moi des idées sombres. Par la rue de l'Abreuvoir et la rue des Victoires, on atteint le parc Edmond-de-Rothschild où la neige s'est maintenue par plaques, parfois verglacées. Depuis la rive du lac — celui-ci, à l'exception d'une étendue d'eau libre où se sont regroupés canards et poules d'eau, recouvert d'une mince couche de glace sur laquelle se propagent des traces étoilées de pas d'oiseaux —, j'observe que le château Rothschild, en haut du parc, a sa toiture entièrement drapée d'une bâche de couleur verte, dans laquelle une déchirure apparemment accidentelle laisse entrevoir un œil-de-bœuf. Des perruches à collier volent par groupes, en criaillant comme elles ont l'habitude de le faire, ni l'hiver ni la neige ne parvenant à leur clouer le bec. En suivant le bord du lac dans la direction du bois de Boulogne, on franchit un petit pont à la balustrade rose, d'inspiration sans doute japonaise, sur lequel retombent les branches innombrablement ramifiées d'un hêtre pleureur, qui enjambe une mare où Celui-des-ours et moi, dans une saison plus clémente, nous avons vu grouiller des ragondins à différents stades de leur croissance, leur nombre et leur promiscuité conférant à cet amas de rongeurs le caractère d'une vision d'enfer. Mais aujourd'hui le temps a eu raison des ragondins, la mare est prise par la glace dans laquelle un gros sac-poubelle est resté prisonnier.

Au sortir du parc, le sentier qui, longeant la rive droite de la Seine, prend le bois de Boulogne à revers, ce sentier — objet de crainte, à n'en pas douter, pour les paisibles résidents du camping de luxe dont seul un grillage le sépare —, après avoir été enneigé, n'est plus que boueux et glissant. Dans les violents remous engendrés par la chute, en aval du barrage de Suresnes, on voit se débattre des débris, tels des canards en celluloïd dans un tir de foire, et dans la roseraie du parc Lebaudy, sur l'île de Puteaux, seuls portent quelques fleurs, encore sont-elles rares, les rosiers du nom de Neige d'hiver, Mona Lisa ou Baronne E. de Rothschild. Mais pour que se dissipe le sentiment d'ennui qui nous a envahis sitôt posé le pied sur le sentier attenant au camping du bois de Boulogne, et que le changement de rive, au niveau du pont de Neuilly, et le spectacle pourtant divertissant des tours de la Défense n'ont que superficiellement atténué, il faut attendre qu'à l'horizon de cet interminable quai du Maréchal-Joffre, à Asnières, se profile la silhouette du pont de chemin de fer. Qu'est-ce qui fait de ce pont de chemin de fer, qu'empruntent les trains en provenance ou à destination de la gare Saint-Lazare, un remède à l'ennui ? C'est d'avoir été peint, entre autres, par Van Gogh, et qu'un panneau d'information, reproduisant sa toile, permette de comparer son aspect actuel avec celui qu'il présentait à l'époque. Bien qu'il soit impossible désormais de se placer dans la position exacte d'où le tableau a été peint, on retrouve à quelque chose près, si l'on adopte une position voisine, la même courbure du quai — celui sur lequel, dans le tableau, se tient la dame en rose s'abritant sous une ombrelle rouge — au moment où il s'engage sous le pont de chemin de fer, et la vue que l'on découvre sur le pont suivant — celui qu'emprunte aujourd'hui la départementale 909 — est également assez semblable, même si nous ne comptons plus qu'une pile, et deux arches, là où Van Gogh en voyait deux fois trois. Entre ces deux ponts, le ferroviaire et le routier, la berge est plantée de platanes dont au moins les deux plus gros, aussi pachydermiques que ceux de l'île Saint-Étienne à Melun, pourraient être contemporains du tableau, et même plus anciens que celui-ci.

Approchant par le quai, et donc par en dessous, du cimetière des chiens à Asnières, ce qu'on en voit tout d'abord, dépassant de la végétation, c'est la silhouette justement d'un de ces animaux, en pierre, sculpté avec beaucoup de réalisme et perché, comme pourrait l'être un véritable chien, sur le couronnement du portail qui marque l'entrée de cet établissement. Pour y pénétrer, il faut s'acquitter d'une petite somme auprès d'une gardienne qui ce jour-là, le 24 janvier, était plongée dans la lecture d'un livre très épais, en format de poche, dont je crus que c'était *Guerre et paix* avant de constater, avec regret, qu'il s'agissait d'un roman de Joël Dicker. En même temps que nous achetions nos billets, et que Celui-des-ours s'enquérait de la localisation de la tombe de Clément, le chien de Houellebecq, car c'était dans l'intention de la voir, entre autres, que nous avions prévu cette visite, je remarquai un gros rat, quant à lui bien vivant, qui se tenait juste en dessous du guichet, sans se gêner, un peu comme s'il avait été préposé au contrôle des tickets. À la question de Celui-des-ours relative à la tombe de Clément, la gardienne avait répondu qu'elle était « au fond, dans les M », sans qu'à sa manière de nous donner ce renseignement il fût possible de déterminer s'il lui était souvent demandé.

En sortant du cimetière des chiens, et en chemin vers la station de métro Gabriel-Péri, à l'intersection de la rue du Clos et de l'avenue des Grésillons, marquée d'un côté par un immeuble menaçant ruine et de l'autre par un café à peine moins vétuste, nous avons été hélés par un jeune homme qui prétendait nous avoir vus, plus tôt dans l'après-midi, alors que nous marchions sur le quai, et comme il me revint qu'à un moment, devant l'endroit où était amarrée une péniche-restaurant, nous étions passés à côté d'un véhicule occupé par un garde de sécurité, il me sembla que le jeune homme, si effectivement il nous avait déjà vus, ne pouvait être que ce dernier. À son invitation, nous entrons dans le café vétuste, à l'intérieur duquel la musique d'ambiance est une psalmodie de versets du Coran. Derrière le comptoir se tient un homme âgé que notre présence met manifestement mal à l'aise, mais ce n'est pas le cas du jeune homme, qui avec une pointe d'ironie nous demande si nous sommes des touristes. De son point de vue, cela ne fait pas un pli, dans la mesure où nous venons du centre de Paris. Comme je l'interroge sur l'immeuble du coin de la rue, dont il semble qu'il soit vraiment sur le point de s'écrouler, il me répond que sa destruction est programmée depuis longtemps, mais que les choses iraient certainement plus vite si cela se passait à Asnières, chez les riches, plutôt que chez les pauvres à Gennevilliers. Il faut savoir que l'avenue des Grésillons, au bord de laquelle cette conversation se déroule, est située du côté des numéros pairs à Asnières, et des numéros impairs à Gennevilliers.

En amont du pont de Gennevilliers et en contrebas du quai Aulagnier, la berge, qui sur une centaine de mètres revêt l'apparence quasi rurale d'un talus, herbeux et planté d'arbres, abrite par ailleurs deux constructions discrètes relevant l'une et l'autre d'un type d'habitat, le cabanon, qui normalement ne se rencontre pas en de tels lieux. Peu visibles depuis la chaussée du quai Aulagnier, disposés l'un au-dessus de l'autre dans la pente que décrit la berge, et appuyés au triple obstacle — mur, fossé, grillage rehaussé de barbelés — par lequel l'entrepôt d'un distributeur de matériaux de construction se protège des voleurs, ces deux cabanons (ou ces deux habitats que j'identifie, peut-être abusivement, comme des cabanons) ne sont accessibles que par un escalier, lui-même discret, descendant à flanc de talus vers la Seine. De cet escalier procèdent deux sentiers qui l'un au-dessus de l'autre, sans se confondre, mènent à ces deux logis superposés, dont le plus bas doit être en cas de crue particulièrement submersible, et dans lesquels rien n'indique que les visiteurs non annoncés soient plus qu'ailleurs les bienvenus, ou du moins est-ce une des raisons que je me suis données pour ne les observer qu'à distance. Le même jour, vers la fin du mois de janvier, en un point du quai Aulagnier d'où commence à se voir la grande nef du centre sportif de l'île Saint-Denis, au-dessus d'une péniche curieusement nommée *Altruisme* (et à laquelle ce nom n'a pas porté chance, à en juger par son état), quelqu'un, homme ou femme, est endormi sur un banc, si étroitement enveloppé dans son sac de couchage qu'aucune partie de son corps n'est visible.

Peut-être est-ce dans le catalogue d'une exposition sur les îles de la Seine, accueillie en 2016 par le pavillon de l'Arsenal, que j'ai lu cette information, à propos de l'île Saint-Denis, comme quoi elle était peuplée autrefois, au moins en partie, de lavandières et de scaphandriers, ces derniers employés à la pose de câbles ou de canalisations dans les profondeurs de la Seine. Ainsi Ravachol, qui lui-même y habita quelque temps au numéro 2 du quai de la Marine, au lieu de rater des attentats et de périr sur l'échafaud — le couperet tombant, nous assure-t-on, au moment précis où il vient de s'écrier « Vive la Ré… », de telle façon qu'un doute subsistera toujours sur le point de savoir s'il s'agissait de la République ou de la Révolution, bien que la seconde de ces hypothèses soit de loin la plus vraisemblable —, ainsi Ravachol aurait-il pu couler dans l'île Saint-Denis des jours tranquilles, entre une épouse lavandière et deux ou trois beaux-frères scaphandriers.

Lorsque pour la première fois j'ai mis le pied sur cette île, dans les années 90 du siècle dernier, pour y passer deux nuits dans un hôtel, aujourd'hui disparu, situé à l'angle de la rue Méchin et du quai du Moulin, toute sa partie nord, par laquelle elle confine au port de Gennevilliers, était déjà occupée par un parc faisant face à celui des Chanteraines (et si proche de ce dernier qu'en saison, depuis la rive de l'un on peut entendre les pics tambouriner sur celle de l'autre), tandis que sa partie sud, celle que survole l'autoroute A 86, était encore en majeure partie couverte d'entrepôts. Il en reste aujourd'hui au moins un, et de taille, entre le quai Châtelier et le quai de l'Aéroplane, où riches et pauvres — ces derniers ayant moins de chemin à parcourir pour s'y rendre — peuvent acheter des « vêtements de marque » avec jusqu'à 70 % de réduction : comme je le fis moi-même, venant d'Asnières, en ce jour de la fin du mois de janvier, non sans avoir auparavant juré qu'on ne m'y prendrait pas, et appelé de mes vœux, par habitude, un grand autodafé de la marchandise. Après quoi je me suis trouvé con, embarrassé du sac contenant les vêtements que je venais d'acheter — il ne s'agissait que de deux jeans, il ne faut rien exagérer —, hésitant si je devais gagner en toute hâte, afin de me soustraire à la vue du public, la station de métro Mairie de Saint-Ouen, en empruntant le pont qui prolonge le boulevard Marcel-Paul et d'où la vue sur les tours de la Défense est parfois d'une insoupçonnable beauté, ou bien continuer tranquillement, comme si de rien n'était — comme si je ne venais pas d'acheter des vêtements de marque avec 70 % de réduction, ce dont témoignait sans équivoque le sac que je tenais à la main —, le long du quai Châtelier puis, passé la rue de l'Ortebout, du quai de Seine, jusqu'au pont d'où se voit la maison de Ravachol, et dans le prolongement duquel la rue du Port, celle que suit le tramway T1, mène à la gare RER de Saint-Denis.

De retour sur la terre ferme, à l'intersection de la rue du Port et du boulevard de la Libération, deux possibilités au moins s'offraient à moi, auxquelles je devais dans les semaines et les mois à venir recourir à maintes reprises, tant à l'une qu'à l'autre, bien qu'avec une préférence marquée pour la seconde. La première consistait à emprunter sur la droite le boulevard de la Libération, comme je l'avais fait quinze ans plus tôt avec Blondeau alors que, venant de la gare RER de Saint-Denis, nous nous dirigions vers le siège d'une entreprise spécialisée dans l'exportation vers l'Afrique de véhicules de seconde main. En chemin, nous étions passés devant ce long bâtiment qui abrite une permanence de Sud-Rail et un Salon de la Libération, et dans lequel ont lieu, comme en témoignent certains jours les échos de chants charismatiques et sur le trottoir les gros 4 × 4 luisants de propreté et garés de travers, des cérémonies animées par l'une ou l'autre des « Églises du réveil » : bâtiment dont nous avions estimé, d'un commun accord, qu'il présentait d'autre part une vague ressemblance avec la grande poste de Kinshasa. Blondeau était déjà malade, à cette époque, il marchait avec difficulté et me reprochait de marcher quant à moi « comme une antilope » ou « comme un militaire ». Le terrain qu'occupait l'entreprise exportatrice, et dont j'avais noté qu'il était comme une enclave de territoire congolais dans le département de la Seine-Saint-Denis, ce terrain accueille aujourd'hui une autre entreprise, un peu plus régulière, sans doute, que la précédente, et spécialisée dans la vente et la location de palettes (mais en retrait, sur le bord de la rue Charles-Michels, on voit encore des types, dont certains pourraient être congolais, occupés à divers bricolages et transactions apparemment en relation avec l'automobile). Avant de s'éloigner de la berge pour s'élever obliquement vers le carrefour Pleyel et sa prodigieuse tour évidée, toute de fer rouillé, qu'il n'atteindra qu'après être passé sous l'autoroute A 86, le boulevard de la Libération longe le mur de soutènement d'une maison de maître, entourée d'un jardin, qui donne quant à elle sur la rue Charles-Michels, et qui a connu le même sort que celle du confluent de l'Yerres à Villeneuve-Saint-Georges : abandonnée, murée, vandalisée, et son jardin soulevé en vagues parallèles pour la prévention des campements.

L'autre option, si l'on veut bien se placer de nouveau à l'intersection du boulevard de la Libération et de la rue du Port, c'est de poursuivre le long de celle-ci jusqu'au parvis de la gare RER de Saint-Denis : un lieu dont l'animation est presque toujours assurée, en toute saison mais dans des proportions variables, par des vendeurs à la sauvette de cigarettes de contrebande — « Ma'lboro ! Ma'lboro ! », comme à la sortie du métro Barbès mais avec moins de nervosité —, des grilleurs de brochettes ou des propagateurs de la Bible. Il arrive aussi que l'on y voie un bibliobus, et plus souvent un camion-restaurant, à l'enseigne d'O plat chaud, débitant du poulet rôti accompagné de riz parfumé à la coriandre et à la cardamome.

Si je me réfère à mes notes prises sur le motif, j'observe que dès le 26 janvier, puis de nouveau le 17 mars, le 21 du même mois et à de nombreuses reprises par la suite, venant de la gare c'est toujours la berge du canal que j'emprunte, sur la gauche, pour me diriger vers le point où il se jette — si les canaux se jettent — dans la Seine. Dans un premier temps, il convient d'éviter toute la partie de la berge qui précède le passage sous les voies de chemin de fer, dont sa proximité avec la gare fait qu'elle présente souvent l'aspect d'un dépotoir augmenté de toilettes publiques. Puis, dans l'intervalle entre les deux ponts — celui du chemin de fer et celui par lequel la nationale 14 franchit le canal au niveau de sa dernière écluse —, le chemin de halage retrouve une certaine dignité, il est bientôt bordé de platanes, et longé sur sa droite par un petit cours d'eau, le Croult, venu on ne sait d'où, car il est généralement enterré, dont la coloration, dans ses bons jours, est celle d'une eau de lessive, et qui s'apprête lui aussi à confluer avec la Seine. Passé ce double confluent, le chemin de halage se poursuit, sur la rive droite de la Seine, au pied d'un groupe de bâtiments abritant plusieurs églises exotiques, telles l'Arche de la Paix ou la Church of God's Grace, dont les célébrations attirent un public nombreux, endimanché, plus enclin que celui de l'Église catholique à chanter et à danser. De l'autre côté des bâtiments — le côté par où l'on y accède —, sur la rue de la Briche, un petit marché se tient sur le trottoir les jours de cérémonie. Et un peu plus loin, à l'angle de cette même rue de la Briche, devenue Paul-Éluard, et de la rue du Fort-de-la-Briche, c'est tous les jours, au moins en principe, de 18 heures à 2 heures du matin, que le kiosque N'taba Chikwange, qui de loin a l'allure un peu inquiétante d'une guérite de check-point dans un pays en proie à des troubles, sert de la viande de chèvre grillée et d'autres délicatesses : « Dans une ambiance musicale très congolaise », précise un certain Nao, enthousiaste, sur la fiche dédiée par Google Maps à cet établissement. Aux heures où N'taba Chikwange fait relâche, il arrive que l'on voie au bord de ce même carrefour une personne de sexe indéterminé, que sa taille désigne plutôt comme un enfant, entièrement revêtue d'une peau de tigre factice, sautant d'un pied sur l'autre et agitant à l'intention des automobilistes de passage un panneau de publicité pour l'entreprise Tygroo Pneus.

Le 21 février, à proximité du lieu de naissance de Louis XIV, après que le soleil a dissipé les brumes matinales les fumées s'élèvent droit dans l'air immobile, l'autoroute A 14 décrit une courbe élégante au-dessus des bois, et de petites touffes de primevères parsèment les prés en contrebas. Bien qu'elle ne mesure en fin de compte qu'un peu moins de deux kilomètres et demi, la terrasse de Saint-Germain-en-Laye, lorsqu'on la parcourt ainsi de bout en bout, sans rencontrer quiconque si on est le matin et un jour de semaine, donne l'impression que l'on marche à rebours sur un tapis roulant. Un peu avant son extrémité nord, on prend sur la droite un sentier qui porte le nom de chemin du Parc-aux-Lièvres, et c'est ainsi qu'après avoir dévalé une courte pente, en lisière d'un pré où parfois paissent des chevaux, en un rien de temps on se retrouve rue Maurice-Berteaux à Carrières-sous-Bois, ou plutôt au Mesnil-le-Roi, puisque Carrières a été rattaché à cette commune ou absorbé par elle. Ce qui me lie à Carrières, d'un lien d'ailleurs assez lâche, ou plutôt distendu, c'est que dans les années 50 du siècle passé toute une partie de la famille de mon père y a longuement habité, et notamment, par intermittence, mon oncle Joseph, dit Jef, l'existence particulièrement mouvementée de ce dernier comportant une zone d'ombre dont l'énigme, pour des raisons sur lesquelles je reviendrai, ne sera jamais complètement éclaircie. Le lieu, bien que de prime abord il puisse paraître anodin, se prête d'ailleurs au mystère et à l'intrigue, si l'on y regarde de plus près, avec ses kilomètres de galeries creusées dans le calcaire et désormais inaccessibles, utilisées par l'OTAN, dans les années 50, comme abri, mais pour abriter quoi ? Toujours est-il que dans mon enfance — ou notre enfance, car mon frère est associé à cet épisode —, Carrières devait nous apparaître non seulement comme le théâtre de différends familiaux, de nature le plus souvent politique, parfois spectaculaires, mais aussi comme un lieu que la géographie avait rendu menaçant, et d'autant plus attrayant, entre la berge de la Seine où l'on risquait de se noyer, particulièrement lorsque la vague d'étrave d'une péniche faisait à l'improviste s'élever le niveau de l'eau, et ces catacombes dont les sombres accès, et l'interdiction de s'y aventurer, devaient sensiblement accroître le prestige. Or cette maison de Carrières-sous-Bois que je n'ai pas revue depuis plus d'un demi-siècle, pas plus que je n'en ai regardé entre-temps aucune photographie, voici que je suis sûr de la reconnaître, au hasard de cette promenade, dans celle dont le jardin en terrasse, minuscule et triangulaire, s'avance, telle la proue d'un navire, au-dessus de l'angle que forme la rue des Champs-Fleuris avec la rue Maurice-Berteaux. Pour autant que l'on puisse voir, depuis le trottoir de la rue Maurice-Berteaux qu'il domine de plusieurs mètres, le jardin, privé de la charmille sous laquelle, dans les souvenirs qui maintenant affluent, apocryphes pour la plupart, se déroulait quand le temps le permettait le déjeuner du dimanche, conserve tout de même quelques arbres, un tilleul, notamment, unique survivant de la charmille, et plusieurs fruitiers, parmi lesquels un cerisier dont je noterai à la fin du mois de juin, lors d'une nouvelle visite, qu'il est, ou qu'il semble être, « en train de crever » (alors que le cerisier de la maison voisine, énorme, est couvert de fleurs). En dehors de ce jardin triangulaire surplombant de quelques mètres la rue Maurice-Berteaux au niveau de sa convergence avec la rue des Champs-Fleuris, la maison n'a rien de remarquable : un perron de quelques marches, deux niveaux plus un de combles, des volets marron se détachant sur un crépi grisâtre, un toit de tuiles duquel déborde un chien-assis. Mais cette découverte sera, parmi d'autres circonstances, à l'origine de la correspondance, tant électronique que postale, qu'à partir du mois suivant j'entretiendrai avec cette cousine que je n'avais pas revue depuis presque aussi longtemps que la maison : correspondance portant notamment sur des points d'histoire familiale d'importance inégale, tels que mon baptême, par exemple, dont ma cousine se rappelle, photos à l'appui, qu'il eut lieu à Carrières — ou sinon la cérémonie religieuse, au moins le gueuleton qui suivit —, ou les mésaventures de mon oncle Jef pendant la Seconde Guerre mondiale et dans les années qui suivirent, et la façon dont mon père intervint pour lui éviter des ennuis que sans doute il n'avait pas mérités.

Si, au-delà de cette maison jadis familiale, on poursuit, le long de la rue Maurice-Berteaux, dans la direction de Maisons-Laffitte, on rencontre bientôt une impasse, sur la gauche, partiellement occupée par le matériel roulant d'une entreprise maraîchère, qui vient buter contre la falaise calcaire et contre l'entrée, désormais obstruée par un portail métallique, de ce qui fut une champignonnière, après que l'OTAN, peut-être, s'y fut abritée, ou y eut abrité quelque chose. C'est dire dans quelle proximité la maison se trouvait avec les carrières (et combien cette entrée monumentale fut près de nous engloutir, mon frère et moi), et il en allait de même avec la Seine, vers laquelle, entre des champs et des serres, mène la rue du Port, qui est d'abord revêtue avant de finir nue et terreuse. Au point où débouche, une fois devenue une simple piste, cette rue du Port, la berge de la Seine, qui présente sur une courte distance un quai maçonné — et sans doute est-ce ici qu'âgé de sept ou huit ans, et confié aux soins de ma tante Marguerite et de mon oncle Noël par suite d'une récidive de la tuberculose dont ma mère était atteinte, je venais « dessiner des péniches », comme ma cousine Françoise prétend dans un de ses courriers que je le faisais, même si, à la réflexion, rien ne prouve que ma précocité ait été telle que, dès cet âge si tendre, j'eusse repris des Impressionnistes l'habitude de travailler d'après nature —, la berge de la Seine, vers l'amont, est encombrée de matériaux de construction disposés en tas assez réguliers, tandis que vers l'aval une succession de petits jardins ouvriers précède une zone d'agriculture maraîchère, dédiée principalement à différentes sortes de salades, qui s'étend jusqu'aux confins de Maisons-Laffitte.

Je dis « salades », mais la première fois que je les ai longés, ces champs, encore en plein hiver, ils étaient plantés pour certains de chardons, pour d'autres de choux montés en graine. En retrait de la berge, un abri de tôle protège une pompe dont le tuyau d'alimentation plonge dans la Seine. Puis ce sont de nouveau des jardins ouvriers, puis des tennis, puis un parc aménagé, avec discrétion, le long de ce mince bras de la Seine qui sépare de la terre ferme l'île de la Borde. À l'entrée du parc, on a disposé un panneau explicatif, sur la faune et la flore, dont j'extrais ce paragraphe concernant les poules d'eau : « Les poules d'eau vivent au bord des étangs, des mares et des rivières, parmi l'épaisse végétation palustre où elles construisent de grands nids faits de végétaux » (au printemps prochain, je ferai à Meulan, dans les Yvelines, des observations qui amènent à nuancer l'assertion relative aux nids de poules d'eau, comme quoi ils seraient grands et faits de végétaux). À Maisons-Laffitte, m'étant égaré sur le terrain de l'hippodrome sans y rencontrer personne, je me suis retrouvé dans une sorte d'enclos où était stocké du fumier — un fumier très propre, d'ailleurs, et presque inodore —, au pied de deux tours envahies par le lierre, dont l'aspect était celui de réservoirs d'eau pour le ravitaillement des locomotives, mais en l'absence de toute autre trace d'une ancienne activité ferroviaire. Et non moins mystérieux était le long mur de pierre qui bornait de ce côté le terrain de l'hippodrome, percé d'étroites ouvertures semblables à des meurtrières, et dont sa disposition perpendiculairement à la berge me fit penser qu'il s'agissait peut-être d'un ancien aqueduc. De l'autre côté de ce mur, que je n'atteignis, ayant échoué à passer par-dessus, qu'après avoir fait un long détour par l'avenue dédiée à Mme de Sévigné (dont on ignorait sans doute, à Maisons-Laffitte, qu'elle avait autrefois séjourné au-dessus d'un fast-food à Villeneuve-Saint-Georges), puis l'avenue La Fontaine, de l'autre côté de ce mur s'étendent des friches d'un aspect agréablement désertique, incluses ou non dans le périmètre de la plus grosse usine d'épuration d'Europe, le SIAAP Seine-Aval, classée « Seveso seuil haut », et dont la bonne réputation devait être entachée tout d'abord par l'incendie survenu le 3 juillet 2019 dans son unité de clariflocu-lation, incendie ayant entraîné dans les jours qui suivirent la mort de plusieurs tonnes de poissons innocents, puis par des rumeurs de rémunérations illégales de certains de ses administrateurs. Le bon côté du classement Seveso seuil haut, c'est qu'il dissuade sans doute beaucoup de marcheurs d'emprunter le chemin de halage en direction de Conflans, bien que le panneau en interdisant l'accès, de ce côté, ne semble pas devoir être pris au pied de la lettre. Pendant longtemps, jusqu'à ce que l'infléchissement vers l'ouest du cours de la Seine les en éloigne momentanément, des lignes à haute tension courent parallèlement au chemin, et c'est sous l'une d'elles, à quelques mètres près, qu'en lisière d'un champ, peu avant que l'on atteigne le jardin d'Herblay, se dresse un menhir sur lequel de petites croix, tracées à la peinture rouge, semblent témoigner de quelque récente diablerie. Mais ce n'est que passé ce jardin d'Herblay, puis les pépinières de la ville de Paris, que les choses deviennent vraiment intéressantes. Le chemin, désormais un étroit sentier, se poursuit entre des champs momentanément nus sur la gauche, et sur la droite, le long de la berge, un alignement de très grands peupliers, parmi lesquels je vois se propager un petit troupeau de mésanges à longue queue. Bien que l'on soit encore en février, un buisson de prunellier est déjà partiellement couvert de fleurs blanches, et depuis la rive gauche de la Seine j'entends distinctement tambouriner un pic dans la végétation de l'île d'Herblay, qui a le privilège de n'être accessible qu'en bateau. Beaucoup d'arbres ont les branches chargées de boules de gui, et certains, à demi morts déjà, ont leur tronc couvert de champignons énormes, disposés comme des prises sur un mur d'escalade. Au moment d'atteindre le port de plaisance de l'île du Devant — là où dans quelques mois, après l'incendie de l'unité de défloculation, je verrai retenus par les herbes du bord les corps pourrissants d'un assez grand nombre d'anguilles et d'un moindre nombre de brèmes —, un panneau de signalisation invite à faire « attention, chasse en cours sur 8 kilomètres », et un gros type, vêtu d'un gilet orange, est assis sur un trépied en bordure d'un champ, le fusil sur les genoux, comme s'il attendait que le gibier vienne se prosterner devant lui. À ma grande satisfaction, un différend éclate peu après entre cet homme assis et un autre qui vient de jaillir de sa voiture, casquette sur la tête, pestant qu'il n'a « même pas été prévenu », ce qui apparemment rend illégale cette chasse étendue sur 8 kilomètres (mais déjà, à la lisière du pré longeant l'ancien bras de la Seine, des porteurs de fusils et de gilets orange sont positionnés de loin en loin, trop nombreux et trop éloignés, semble-t-il, pour pouvoir être rattrapés). Au sortir du port de plaisance, une route étroite, désormais interdite à la circulation, file sur un peu plus d'un kilomètre, droite comme un I, entre deux champs dont il s'avérera, le moment venu, qu'ils sont l'un et l'autre plantés d'orge. Et sans doute cette orge a-t-elle été semée à des dates différentes, puisque l'un des deux champs, d'ici quelques jours, présentera toujours une surface nue, tandis que l'autre sera déjà couvert de jeunes pousses, de telle sorte que vus depuis la terrasse du musée de la Batellerie, à Conflans, le premier apparaîtra uniformément noir et le second d'un vert tendre. Cette section de route, entre les deux champs, a été voici quelques années le théâtre d'un minuscule miracle consistant en ceci qu'un jour de printemps, au moment précis où j'expliquais à Celui-des-ours qu'autrefois, quand la vie valait encore d'être vécue, passant en cette saison entre deux champs de céréales on aurait à coup sûr vu s'élever au moins une alouette, son vol ascensionnel, presque vertical, accompagné de trilles, précédant une descente en chute libre, tandis que désormais, poursuivais-je, l'usage immodéré des pesticides nous privait à tout jamais de ce spectacle ; au moment précis, donc, où j'exprimais ainsi, avec véhémence, mon pessimisme, et ma coupable nostalgie d'un passé nécessairement « fantasmé », une alouette s'éleva à la verticale au-dessus du champ situé sur la gauche de la route, lançant ces fameux trilles, montant jusqu'à la limite de la vue puis se laissant retomber par paliers. La route qui fut témoin de ce miracle ne s'en termine pas moins en contrebas de la nationale 184, non loin du pont sur lequel cette dernière franchit la Seine, et que double une passerelle à l'usage des piétons et des cyclistes.

Sur cette passerelle, le 23 janvier, j'ai croisé un groupe d'hommes jeunes, apparemment d'origine asiatique, que dans un premier temps j'ai pris pour des marins philippins, absurdement, car qu'est-ce que des marins philippins auraient pu venir faire à Conflans ? À la question « where are you from ? », l'un d'eux m'a répondu « Tibet ! », et du coup il m'est revenu qu'un ou deux ans auparavant, dans le jardin situé au confluent de la Seine et de l'Oise et au pied du monument aux morts de la batellerie, nous avions déjà rencontré, Celui-des-ours et moi, un groupe de jeunes gens qui s'étaient présentés à nous comme originaires du Tibet, et dont il me semble qu'à la tombée de la nuit, vers la mi-juin, ils étaient occupés à répéter un spectacle musical, en prévision d'une fête donnée en l'honneur du Dalaï-Lama (mais sur ce dernier point le doute subsiste, car il se peut que je n'aie introduit dans cette affaire le Dalaï-Lama que par commodité, obéissant au réflexe qui consiste à faire de tout Tibétain en exil un supporter ou un fidèle de ce dignitaire religieux). Quelques jours plus tard, faisant à nouveau le chemin de Maisons-Laffitte à Conflans, et ayant observé sur la berge, au niveau du port de plaisance de l'île du Devant, les deux premières jonquilles de l'année, j'ai rencontré sur le quai François-Mitterrand, à Conflans, deux frères assomptionnistes, l'un d'origine africaine et l'autre d'origine asiatique, jeunes l'un et l'autre, et tous deux débarquant de la péniche *Je sers*, qui m'ont confirmé que cette dernière, par le truchement de diverses associations, était devenue pour les réfugiés tibétains arrivant en France un lieu d'accueil, et un point de ralliement même pour ceux qui, faute de place, ne pouvaient y être hébergés. C'est ainsi que Conflans elle-même est devenue peu à peu, depuis une dizaine d'années, la ville la plus tibétaine de France, au point que régulièrement se constituent, sous le pont de la nationale 184 ou en d'autres lieux, des campements de fortune abritant plusieurs dizaines et jusqu'à plusieurs centaines de nouveaux arrivants. Et non moins régulièrement ces campements sont dispersés et leurs occupants priés d'aller se faire voir ailleurs, quand bien même ils sont pour la plupart dûment enregistrés comme demandeurs d'asile, et presque assurés d'obtenir tôt ou tard ce statut. Durant l'automne et l'hiver 2018-2019, c'est à trois reprises au moins qu'eurent lieu de telles évictions, la dernière, semble-t-il, vers la fin du mois de février : en effet, le 5 mars, alors que venant de Conflans j'atteignais en bordure de la nationale 184 les confins de la rue Aimé-Bonna et du chemin des Hautes-Plaines, là où l'une des branches du second s'engage en direction de la déchetterie municipale d'Achères, je tombai sur des employés d'une entreprise de nettoyage, eux-mêmes vêtus de gilets jaunes ou orange fluorescents, en train de rassembler de vieux matelas et d'autres débris provenant du démantèlement d'un camp sur l'emplacement duquel flottait encore un drapeau tricolore. Et sur les images de ce secteur auxquelles on pouvait accéder sur Google Earth durant l'automne 2019, deux micro-camps étaient nettement visibles, le premier à l'endroit que je viens d'évoquer, au coin de la rue Aimé-Bonna et du chemin des Hautes-Plaines, et le second vers l'extrémité de celui-ci, juste en face de la déchetterie d'Achères, sur une petite péninsule faisant saillie dans un lac de sablière en voie d'assèchement.

Le 10 mars, c'était comme si les eaux de la Seine, sous le pont de Ponthierry-Pringy, remontaient vers leur source, caressées à rebrousse-poil par un vent qui les hérissait de courtes vagues et qui faisait aussi mugir et craquer les arbres, dans le bois de Sainte-Assise, et tomber quelques branches. En chemin vers ce temple sans toit, mais non sans pylônes, dédié par la marine aux communications avec les sous-marins, le sous-bois, dans l'humus duquel se voyaient les endroits où les sangliers avaient travaillé de la hure, était tapissé de jonquilles pâles, comme privées de lumière par la canopée, si peu feuillue que fût celle-ci dans la première quinzaine du mois de mars. Pour moi, depuis le début, quelque chose de maléfique — d'agréablement maléfique — s'attachait à ce bois, et surtout à la lande contiguë de Sainte-Assise, en bordure de laquelle se dressaient les pylônes : non pas tant à cause des liens que la lande, de ce fait, entretenait avec la perspective d'ailleurs peu tangible d'une guerre nucléaire, que par suite de la vacuité et du silence (comme je me souviens de l'avoir déjà noté) que cette proximité induisait sur toute l'étendue, d'ailleurs limitée, de la réserve. Et ce silence, et cette vacuité, faisaient que toute intrusion, dans ce périmètre, d'une autre personne me serait apparue comme une anomalie et comme une menace — et la meilleure preuve, si l'on veut, du bien-fondé de cette appréhension, c'est que lors des nombreuses visites que je fis à la réserve au cours de l'année 2018 et de la suivante, jamais un tel cas ne s'est produit —, et ils faisaient aussi que se croyant perdu, ou se retrouvant solitaire, dans ce succédané de la toundra arctique, on y devenait inhabituellement attentif aux signaux émis par la nature, ou que l'on s'imaginait émis par elle. De la réserve, je me disais faussement — faussement, puisque je ne l'ai jamais fait, et que je n'ai jamais tenté, ni même envisagé sérieusement de le faire — que je pourrais m'y retirer pour mener, ne serait-ce que pendant quelques jours (et quelques nuits), une vie comparable à celle des saints brouteurs des déserts de Nitrée, et je me disais aussi, avec moins de complaisance et plus de sagacité, que si jamais l'expansion actuelle du loup devait se propager jusque dans la région parisienne, ce territoire serait certainement l'un des premiers où il aimerait s'installer. Enfin la haute idée que je m'étais faite de la réserve, à la longue, fit que je ressentis douloureusement, le 10 mars, ce qui m'apparut comme un véritable saccage, les quelques étendues auparavant couvertes de bruyère ayant été abandonnées, semblait-il, à l'invasion des fougères, des genêts, des saules ou des ronces, cependant que le sol, rendu boueux par les averses qui toute la journée avaient alterné avec des éclaircies sans que jamais le vent ne tombe, était labouré en tous sens de profondes ornières creusées par des engins de chantier, comme si l'on avait organisé sur le territoire de la réserve, depuis ma dernière visite, une reconstitution de la bataille de Koursk. Si souvent que j'y sois retourné depuis, je n'ai jamais trouvé à ce saccage le moindre début d'explication : inévitablement, la proximité des pylônes — qui jamais, où que l'on aille dans la réserve, ne vous perdent de vue — faisait que l'on était enclin à soupçonner la marine, mais d'un autre côté on ne décelait aucune trace d'un aménagement ou d'une transformation quelconque du terrain, au-delà de son labourage par des engins de chantier et de la colonisation par les saules, les genêts ou les ronces des landes de bruyère. Alors s'agissait-il d'une simple démonstration de force, destinée à décourager les agents de telle ou telle puissance étrangère qui peut-être, à mon insu, avaient l'habitude de se promener dans la réserve comme je le faisais moi-même — bien que celle-ci ne fût théoriquement accessible qu'avec un accompagnateur et sur rendez-vous — sous des déguisements peu convaincants d'entomologistes ou d'ornithologues ? Les trois mares qui marquent le centre de la réserve, ou de sa partie non boisée, avaient été épargnées par les manœuvres des engins, et leurs rives abruptes et boueuses portaient quelques empreintes d'ongulés, chevreuils ou sangliers. À proximité de ces mares, en terrain découvert, se dresse un tronc d'arbre solitaire, dénudé et légèrement tordu, un peu comme s'il avait été frappé par la foudre, et c'est non loin de là que j'avais l'habitude de me restaurer, lorsque je visitais la réserve, au pied d'un arbre également solitaire mais plus accueillant que le précédent : un arbre dont les feuilles, d'abord vertes, devenaient après quelque temps d'un beau rouge, nullement maladif, à quoi je finis par le reconnaître comme un liquidambar, après l'avoir pris longtemps pour un hêtre pourpre dont le nom me semblait bien préférable. Environ quatre mois après la découverte des dégâts infligés par les engins de chantier, lors de la dernière visite — au moins jusqu'à nouvel ordre — que je devais faire à la réserve, alors qu'à proximité du liquidambar, dont le feuillage tardait à rougir, je cherchais un endroit pour m'asseoir, j'ai trouvé dans l'herbe, en tâtonnant, un tuyau de plomb long d'environ vingt-cinq centimètres et aplati à l'une de ses extrémités, exactement comme si quelqu'un avait eu l'intention de l'utiliser comme une matraque : découverte qui, si elle ne confirmait pas, à elle seule, l'hypothèse de la réserve comme nid d'espions, corroborait tout du moins ma conviction que, dans le doute, il valait mieux y passer soi-même inaperçu et n'y rencontrer personne.

C'est le 11 mars, le lendemain de la découverte des dégâts infligés à la réserve de Sainte-Assise, que j'ai reçu de ma cousine Françoise, celle qui habitait à Villeneuve-le-Roi, un long mail dans lequel, à ma demande, elle revenait sur le rôle que la maison de Carrières-sous-Bois avait joué dans notre histoire familiale. Auparavant, elle écrivait ceci, qui m'avait touché à l'époque, et aujourd'hui d'autant plus que Françoise est morte entre-temps sans que je l'aie revue : « Je vais marcher sur les quais de la Seine à Villeneuve, à Ablon, à Athis-Mons en imaginant que je vais te rencontrer, j'y vais avec mes bâtons de marche pour soulager mes efforts… » « La lumière sur l'eau est ravissante ces jours-ci, poursuivait-elle, et hier le vent fort soulevait des vagues ourlées de blanc » : considérations d'où il ressortait que lors de cette journée du dimanche 10 mars, nous avions observé le même phénomène, sur la Seine, à quelques kilomètres de distance (et il en ressortait aussi que si j'avais choisi ce jour-là de retourner à Villeneuve-Saint-Georges plutôt qu'à Ponthierry, nous nous serions peut-être effectivement rencontrés).

À propos de la maison de Carrières, Françoise écrivait qu'elle avait été louée par mes grands-parents paternels — à une date qu'elle ne précisait pas, mais qui devait se situer pendant la Seconde Guerre mondiale — lorsque après avoir déménagé de Reims, peut-être dans la précipitation et pour fuir l'avance allemande, ils avaient pris pension au château du Val, « une maison de retraite, écrivait-elle, réservée aux médaillés de la Légion d'honneur », et à laquelle notre grand-père pouvait doublement prétendre, en sa qualité non seulement de médaillé, mais de « gueule cassée » de la guerre précédente. Le château du Val étant proche de Carrières-sous-Bois, ils avaient loué dans cette localité la maison de la rue des Champs-Fleuris afin d'y déposer leurs meubles évacués de Reims et d'y « héberger, écrit Françoise dans son mail du 11 mars, leurs enfants dispersés ». Cette dispersion était appelée à se prolonger, mais la maison devint après la guerre le domicile des parents de Françoise, ma tante Marguerite et mon oncle

Noël, ainsi qu'un point de chute occasionnel pour tel ou tel des deux frères ou des trois sœurs de ce dernier, et le lieu d'épisodiques rassemblements familiaux — par exemple à l'occasion de mon baptême — dont j'ai déjà signalé qu'ils donnaient souvent lieu à des discussions animées, la vie politique de cette époque ne manquant pas de sujets pouvant prêter à controverse, surtout dans une famille aussi douée pour cette discipline que l'était la famille de mon père, et lui le tout premier. Afin d'équilibrer le coût de cette location, nos grands-parents avaient sous-loué un étage à un employé de la SNCF, M. Lenormand, et à sa famille. Et c'est ainsi que la maison de Carrières devint le lieu d'un affrontement de classe à bas bruit entre ma famille paternelle, dont l'aisance tendait dans l'ensemble à décroître, et celle du cheminot, engagée quant à elle dans une ascension sociale lente mais irrésistible, telle qu'au tout début des années 60 M. Lenormand, devenu chef de gare, finit par racheter la maison, après quoi il s'empressa de contraindre au départ ma tante Marguerite et mon oncle Noël, en dépit du fait que celui-ci, par suite d'une poliomyélite contractée dans sa jeunesse en Afrique, était paralysé des deux jambes, et ne pouvait se déplacer que dans une petite voiture. Avant même d'entrer dans cette phase aiguë, la lutte des classes, sitôt les Lenormand devenus propriétaires, avait pris la forme de minimes vexations régulièrement infligées à leurs anciens bailleurs, qui de leur côté ne doutaient pas que, même économiquement déchus, ils restaient socialement supérieurs aux Lenormand. Ainsi, à une époque où pour une raison ou pour une autre ma mère, mon frère et moi occupions momentanément le logement de l'oncle Noël et de la tante Marguerite, Mme Lenormand, alors que je passais devant chez elle, m'apostropha en ces termes : « Vous rappellerez à votre mère qu'il faut faire l'escalier au moins deux fois la semaine », injonction qui certes témoignait du pouvoir que conférait à Mme Lenormand son tout nouveau statut de propriétaire, mais dont nous pûmes nous moquer à loisir, entre nous, restaurant ainsi notre sentiment de supériorité sociale, à cause de la tournure fautive — « deux fois la semaine » — qu'elle avait employée.

S'agissant de mon oncle Joseph, dit Jef — qui était le plus jeune des trois frères, mon père occupant entre Noël et lui une position intermédiaire —, Françoise, dans ce mail daté du 11 mars, observe qu'« il habita souvent à Carrières, entre ses séjours au Canada et quand il travaillait comme soudeur chez

Chausson et qu'il rentrait en courant par la terrasse ou la forêt ». Cette phrase, outre qu'elle éveille en moi des images très précises de cet oncle — de toute la fratrie de mon père, celui que je préférais — courant, émacié, comme il me semble qu'il l'aura été toute sa vie, le long de la terrasse de Saint-Germain, vêtu de ce que pouvait porter au sortir du travail, dans les années 50 du siècle dernier, un ouvrier métallurgiste peut-être désireux de ne pas afficher sa condition (ou peut-être ne s'en souciant pas), cette phrase me confronte à une difficulté mineure, relative à la situation géographique de cette usine Chausson d'où mon oncle pouvait revenir en courant par la terrasse ou la forêt de Saint-Germain-en-Laye : car on n'était pas là, c'est le moins qu'on puisse dire, dans une banlieue usinière, et le plus vraisemblable est qu'il ne passait par l'une ou l'autre, la forêt ou la terrasse, qu'au sortir d'un train ou d'un autre moyen de transport public.

Et à quoi peut-il songer, mon oncle Joseph, quand il court au sortir du travail, son regard, s'il a opté pour la terrasse, plongeant sur les terrains d'épandage et les cultures maraîchères qui couvrent alors la majeure partie de la plaine de Montesson ? À la guerre d'Algérie, qui en est encore à ses débuts, et qui lui vaudra au moins une fois, à cause de son type physique très marqué, d'être pris dans une « ratonnade » et passé à tabac ? Au Canada, où durant ces années d'après-guerre il travaille par intermittence sur des chantiers de construction de la DEW Line (DEW pour Distant Early Warning), une chaîne de stations-radar déployées dans le Grand Nord afin de prévenir une attaque de bombardiers ou de missiles soviétiques ? Au troupeau de bovins que dans les années 30 il a conduit, jusqu'à son anéantissement, à travers une région limitrophe du Sahara ? Ou encore à la Seconde Guerre mondiale, pendant laquelle on perd sa trace, alors qu'il se fourvoie, semble-t-il, avant de la retrouver quand il est revenu de son égarement ? Dans un courrier postal, cette fois, et non plus par mail, ma cousine Françoise, au cours de l'année 2019, m'a fait parvenir, comme je le lui avais demandé, quelques documents relatifs à la carrière militaire de cet oncle Joseph entre 1939 et 1945. Comme ces documents portent en creux la trace de ce qui fut longtemps un secret de famille, on peut se demander si c'est réellement par hasard que j'ai fini par les perdre, au cours de la même année, sans avoir eu le temps d'en recopier les données, de telle sorte que j'en suis réduit maintenant à tâtonner pour reconstituer les péripéties dont ils témoignaient. En gros, donc, et pour autant que je me souvienne du contenu de ces documents, qui comportaient notamment une copie de plusieurs pages de son livret militaire, mon oncle Joseph avait été appelé, ou rappelé, sous les drapeaux, avant le début de la guerre, puis démobilisé après la défaite. Il me semble que dans les derniers mois de l'année 1940 il se trouve en Afrique, dans un territoire resté fidèle à Vichy, puisque c'est de là qu'il adresse à ses parents une lettre dans laquelle, après le ralliement à la France libre de la colonie du Congo, il s'inquiète de ce que son frère Jean — mon père —, qui y exerce alors la médecine de brousse, ait pu se laisser entraîner chez les « dissidents », c'est-à-dire chez les gaullistes. Par la suite, pas plus son livret militaire que les autres documents joints ne mentionnent une quelconque activité de mon oncle Joseph, jusqu'à ce jour du printemps 1943 où après avoir franchi clandestinement les Pyrénées il est interné par les Espagnols dans le camp de Miranda. Libéré quelques mois plus tard, il rejoint alors l'Afrique du Nord et s'y engage dans une unité parachutiste des Forces françaises libres. C'est surtout à partir de ce moment que l'absence des documents que j'ai égarés se fait sentir, parce qu'ils mentionnaient avec précision le lieu, la date et les circonstances de l'accident, survenu lors de son entraînement, qui l'a semble-t-il empêché de prendre part aux combats de la Libération. À ces documents, Françoise avait joint quelques photos — des photos comme on en faisait à l'époque, c'est-à-dire minuscules, avec des bords dentelés, dans un noir et blanc tirant fréquemment sur le sépia — sur lesquelles apparaît la famille de mon père, réunie, au mois d'août 1945, dans le petit jardin en terrasse de la maison de Carrières. Toutefois sur ces images — où mon père porte un pantalon et une chemise d'uniforme, la seconde garnie d'épaulettes correspondant au grade de médecin commandant qui devait être le sien dans le service de santé des Forces françaises libres —, la famille n'est pas au complet : il y manque une des sœurs — mais de cette absence il n'y a pas lieu de s'étonner, puisque cette sœur appartient à un ordre religieux qui n'accorde que rarement des permissions de sortie —, et il y manque également Joseph, qui pour prix de ses péchés est peut-être déjà en train d'assembler des automobiles dans une usine de Detroit — car il me semble qu'il a fait cela aussi — ou de creuser des trous dans les solitudes glacées du Grand Nord. À moins, et c'est l'hypothèse la plus probable, qu'il n'ait pas encore été démobilisé, ou que ce jour-là — le 12 août 1945, d'après une inscription manuscrite trouvée au dos de la photographie — il n'ait simplement raté le train à destination de Saint-Germain-en-Laye (outre qu'à cette date la circulation des trains, dans la région parisienne, était peut-être encore soumise à quelques aléas). Sur des images plus tardives, que Françoise a datées de 1950, mon père, retourné à la vie civile, pose face au panorama, devant la balustrade de la terrasse de Saint-Germain, en compagnie de ses deux frères : Noël dans son fauteuil roulant, Joseph en costume-cravate — sans doute reviennent-ils tous les trois d'un mariage, d'un baptême ou de quelque autre solennité familiale —, une jambe fléchie et le pied reposant sur un élément métallique de la rambarde. Bien que cela n'apparaisse pas clairement sur cette photographie, mon père, à cette époque, adopte volontiers vis-à-vis de Joseph une attitude protectrice : protectrice, du moins je l'espère, plutôt que condescendante. Attitude justifiée par les efforts qu'il a dû déployer, dans l'immédiat après-guerre, pour que soit effacée toute trace de la faute commise par Joseph, sans doute vers la fin de 1941 ou le début de l'année suivante, quand il s'est engagé dans la LVF, la Légion des volontaires français contre le bolchevisme. La légende veut qu'à cette occasion, lorsqu'il s'est présenté au château du Val pour faire ses adieux à son père, celui-ci l'ait fichu dehors en lui déclarant que « jamais un boche n'entrerait chez lui en uniforme ». Ce qui fait qu'avant même de partir, le malheureux Joseph devait être déjà bien déconfit. À défaut de documents concernant cet épisode de sa vie — que Françoise, dans un mail, désignait pudiquement, entre guillemets, comme son « voyage en Russie » —, il est impossible de savoir s'il a pris part aux combats de décembre 1941, sur la route de Moscou, dans lesquels les volontaires français ne se sont pas illustrés, ou s'il n'est arrivé que plus tard, comme je le présume, alors que ce qui restait de la LVF était cantonné par les Allemands à des tâches répressives particulièrement dégradantes sur les arrières de la Wehrmacht. Ce qui est avéré, c'est que ce qu'il découvre alors est si éloigné de ce qu'il avait imaginé qu'il déserte dès qu'une occasion se présente, profitant peut-être d'une permission ou d'une évacuation sanitaire, et que c'est de sa propre initiative, pour autant qu'on le sache, qu'au mois de juin 1943, seul, et se guidant apparemment sur une simple carte Michelin, il traverse les Pyrénées dans le dessein de rejoindre en Afrique du Nord les forces alliées.

Parmi les événements survenus au cours du mois de mars 2019, outre la réception du courrier de Françoise relatif à la maison de Carrières et la découverte de ce que l'Histoire connaît désormais comme le saccage de la lande de Sainte-Assise, il faut compter aussi l'apparition d'un nid de cygnes, au deuxième jour du printemps, sur la rive droite de la Seine à la limite de Saint-Denis et d'Épinay. Il fait particulièrement beau, ce jour-là, et les vendeurs de Marlboro déploient une grande activité sur le parvis de la gare de Saint-Denis. Passé le confluent du canal et du Croult avec la Seine, sur le chemin de halage, en contrebas de la rue de la Briche et du bâtiment qui abrite, parmi d'autres, l'Église évangélique de l'Arche de la Paix, cette dernière, par voie d'affiche, annonce pour le samedi 13 avril, à 20 heures, un « concert live de Depaul Mulaja, du groupe Échos d'Adoration » : le concert lui-même est intitulé « Mon cœur t'adore ». C'est un peu plus loin — là où est amarré le long de la berge, souillée à ce niveau par une décharge sauvage, un house-boat momentanément inhabité et dans un état avancé de délabrement — que j'observe pour la première fois, le 21 mars, un couple de cygnes achevant la construction d'un nid : un nid dont il est permis de supposer qu'il est le plus mal situé de tous les nids de cygnes qui voient le jour à la même époque le long de la vallée de la Seine. En plus, son accès à l'eau ne peut se faire que par l'étroit espace, dans lequel barbotent toutes sortes de déchets, ménagé entre la berge et le house-boat en ruine.

Le surlendemain, samedi 23 mars, dans la seconde moitié de l'après-midi, alors qu'une appétissante odeur de brochettes émane du kiosque N'taba Chikwange, approfondissant mon examen du nid et de son environnement immédiat, je remarque qu'à ce niveau, issues d'un arbre de la berge, deux énormes branches, ployées et brisées, peut-être sous l'effet de leur propre poids, traînent sur le rivage. Apparemment une cérémonie se prépare, sous l'égide de l'Arche de la Paix ou de telle Église concurrente. Sur le chemin de halage, au-dessus du nid, une dame imposante, assise sur une chaise en plastique et somptueusement vêtue, se fait maquiller par une autre, tandis qu'une troisième va et vient sur le quai, parlant avec animation dans son portable. Plus haut, sur le trottoir de la rue de la Briche, entre le panneau Épinay-sur-Seine et le panneau Saint-Denis, sept jeunes femmes portant des tenues traditionnelles répètent avec beaucoup de grâce un pas de danse.

Sans rapport avec ce qui précède — mais en rapport avec ce qui viendra à son heure —, je note que le 28 mars 2019, l'enceinte extérieure de la centrale de Poissy, dont l'hôte le plus illustre est le terroriste Carlos, s'est effondrée soudainement sur plusieurs dizaines de mètres. Et trois jours plus tard, le dimanche 31 mars, jour du passage à l'heure d'été, en fin de matinée, sur les eaux du canal, des bouteilles vides flottent à la queue leu leu, se tenant bien droites, leur col étincelant au soleil, tandis que sur la berge fleurissent deux arbres fruitiers et que les platanes s'apprêtent à feuillir.

Dans le cloaque en quoi consiste le Croult, ce jour-là comme beaucoup d'autres jours, juste avant sa confluence avec la Seine, des débris de différentes sortes sont entraînés dans un lent et vaste mouvement giratoire comme dans une baignoire qui se vide, sans que ce phénomène semble poser problème à une cane qui navigue non loin de là avec ses six canetons, ces derniers à peine sortis de l'œuf. Au pied du bâtiment abritant différentes Églises évangéliques, parmi lesquelles, aujourd'hui, celle du « Ministère de la montagne de feu et des miracles », des dames et des enfants, et séparément des messieurs, les uns et les autres endimanchés, sont rassemblés sur le chemin de halage, en un point d'où ils pourraient voir l'un des cygnes installé sur son nid et apparemment indifférent à tout ce remue-ménage. Sur le trottoir de la rue de la Briche, là où huit jours auparavant de jeunes femmes répétaient des pas de danse, ce sont aujourd'hui des musiciens, une dizaine, qui débarrassent leurs instruments de leurs housses. Du bâtiment qui abrite les Églises — cinq au total, d'après le type qui vient de m'interpeller, sans agressivité mais avec méfiance, pour me demander si je cherchais quelque chose —, il émane des échos de clameurs et de chants sacrés. Parmi les voitures garées le long du trottoir, je remarque que beaucoup sont des taxis, que leurs chauffeurs soient eux-mêmes des fidèles de telle ou telle Église du réveil, ou qu'ils attendent pour ramener chez eux les pasteurs à l'issue de telle ou telle cérémonie : car les pasteurs, quant à eux, sont généralement assez riches pour se permettre de faire patienter des taxis.

Et à propos de patience, ce n'est pas moins de douze jours, à compter du 31 mars, qu'il va falloir attendre l'apparition des œufs dans le nid des cygnes, et pas moins de sept semaines avant que ces œufs n'éclosent, ou du moins avant que je ne remarque la présence des cygneaux.

Le vendredi 22 mars, vers 15 heures, au confluent de la Seine et de l'Oise et au pied du monument aux morts de la batellerie, des groupes de Tibétains sont encore installés sur l'herbe, en train de casser la croûte. Et d'autres réfugiés ont converti en logements précaires les sortes de nacelles dont est flanquée, des deux côtés, la passerelle piétonnière qui franchit la Seine parallèlement à la nationale 184. Sur la rive gauche du fleuve, à l'enseigne de La Grillade, des dames brésiliennes tiennent un restaurant particulièrement accueillant, à défaut d'être gastronomique. Puis la route, avant de devenir un simple chemin (puis de nouveau une route, de nouveau un chemin, et ainsi de suite jusqu'au site de l'usine PSA de Poissy), passe sous un pont de chemin de fer, en aval duquel un terril, formé par le remblai des sablières, change de formes et de couleurs au fil des saisons, selon qu'il est plus ou moins envahi par la végétation (même si ces transformations n'altèrent pas fondamentalement l'allure générale de ce monticule, qui est celle d'une ziggourat aux angles arrondis par l'érosion). Ce qui arrive par la suite à cet itinéraire, disons entre la fin du quai de l'île du Bac à Conflans et l'embouchure de la rue des Bauches à Achères, j'aurai peut-être l'occasion d'y revenir, mais pour l'instant il ne m'intéresse qu'à partir du moment où, redevenu un chemin, et s'étant faufilé entre la Seine et un lac, un de plus, résultant d'une ancienne activité d'extraction de sable ou de gravier, il se divise en deux branches : l'une qui s'éloignant de la Seine pique vers la départementale 30 en bordure d'un champ de céréales, l'autre qui longeant la rive gauche du fleuve semble vouloir se glisser entre celui-ci et le terrain, immense, occupé par l'usine PSA. Bien que j'aie déjà observé qu'il s'interrompait au bout de quelques centaines de mètres, fermé par une grille à l'arrière-plan de laquelle se dresse le château d'eau orné du lion de Peugeot, je m'engage à nouveau sur ce chemin, le 22 mars dans l'après-midi, en compagnie de Celui-des-ours, pour des raisons que j'ai oubliées depuis mais qui tiennent sans doute à l'aspect nouveau que lui confère l'extraordinaire abondance de bouteilles en plastique, et d'autres déchets insubmersibles, dont il est tapissé ce jour-là, par suite non d'une bacchanale gigantesque (bien que ce soit la première hypothèse à laquelle j'aie souscrit), mais d'un mouvement de crue, puis de décrue, de la Seine. Or parmi ces déchets insubmersibles déposés par la crue, il y en a un, juste en amont de la grille d'où se voit le château d'eau, qui sort tout à fait de l'ordinaire, et qui est même de nature à inspirer des craintes assez vives. Bien que par moments j'arrive à me persuader du contraire, c'est en fait Celui-des-ours, indéniablement, qui l'a trouvé : il s'agit d'un petit pot en verre transparent, fermé par un couvercle métallique qui se dévisse sans effort, et à l'intérieur duquel, dans un emballage de plastique noué avec soin — comme pour protéger mieux et plus longtemps, de l'eau ou d'autres aléas, l'objet ou les objets qu'il contient —, deux minuscules bébés de celluloïd, l'un d'un rose qui est habituellement la couleur de ce genre d'objets, l'autre teint en noir, sont attachés dos à dos, chacun ayant le bras droit levé. Que ces deux poupées soient des figurines d'envoûtement, des dagydes, ne semble pas faire de doute. Mais quel était le but poursuivi par celui ou celle qui a fabriqué cet objet ? Qui s'agissait-il d'envoûter ? Pourquoi l'une des deux minuscules poupées de celluloïd a-t-elle été délibérément noircie ? Que signifie le fait qu'elles aient chacune le bras levé du même côté et qu'elles soient attachées dos à dos ? Enfin l'emballage de plastique et le pot en verre, assurant une parfaite étanchéité, semblent témoigner de ce que ce dispositif a été conçu pour naviguer, mais où a-t-il été mis à l'eau, et où celui ou celle qui a procédé à ce lancement le voyait-il arriver ? Ce qui paraît certain, c'est que son échouage en bordure de l'usine PSA de Poissy et sur un chemin sans issue n'est pas le sort auquel on l'avait destiné. Après avoir hésité à le conserver, Celui-des-ours et moi, nous nous sommes décidés à le rejeter, ayant au préalable pris soin de remettre les deux bébés en celluloïd, dos à dos, dans le pot de verre, et non sans crainte qu'en dépit de ces précautions, l'envoûtement ne nous ait été d'une manière ou d'une autre transféré.

Un mois plus tard, par une journée ensoleillée et chaude de l'avant-dernière semaine d'avril, de retour à Conflans j'y remarque, sitôt sorti de la gare, une profusion de lilas et de glycines recouvrant presque entièrement le talus de la voie ferrée. Et depuis la terrasse du musée de la Batellerie, le champ dit du miracle de l'alouette — pour autant que l'on en voie quelque chose à travers la masse feuillue des arbres de la rive opposée —, de part et d'autre de la route interdite à la circulation, présente désormais une surface uniformément verte. Le long du quai François-Mitterrand, le drapeau jaune et blanc du Vatican (qu'auparavant je n'ai jamais vu déployé que sur des véhicules palestiniens, en Cisjordanie, tentant de se soustraire aux rigueurs du couvre-feu) flotte à la poupe de la péniche *Je sers*, à hauteur de laquelle, sur le quai, jouent quelques enfants tibétains, tandis que le jeune curé noir déjà mentionné s'entretient avec une paroissienne de son âge. Sur la rive gauche de la Seine, au-delà du pont de chemin de fer et juste en face du terril dont la forme évoque celle d'une ziggourat, un oiseau, invisible dans le feuillage d'un saule, chante merveilleusement : le fait que je ne parvienne pas à le reconnaître à son chant en dit long sur mon ignorance dans ce domaine, même si je présume qu'il s'agit d'une fauvette, mais laquelle ? Car il y a plus d'une demeure dans la maison du genre *Sylvia*.

À l'endroit exact, en vue de la pointe de l'île Nancy, où le quai de l'île du Bac, goudronné, fait place à un chemin de terre, pour la première fois cette année j'entends le chant du coucou, l'un des rares que même l'être le plus ignorant des rudiments de l'ornithologie ne peut manquer de reconnaître. Et comme il s'agit, sous ce rapport, d'une journée particulièrement faste, j'observerai encore toute une bande de linottes, front et poitrine d'un rouge écarlate, en train de se goinfrer parmi les pâquerettes sur le bord de l'écluse d'Andrésy, puis un couple de sternes piquant dans les remous engendrés par la chute du barrage qui réunit l'île de Conflans à celle de la Dérivation. Sur la rive de ce lac auquel les cartes ne donnent pas de nom, et que par défaut je désignerai comme le lac d'Achères, des grenouilles coassent, c'est de saison, une jeune femme dont on peut dire qu'elle n'a pas froid aux yeux, dans ce lieu à la fois solitaire et exposé, prend le soleil dans un maillot deux-pièces, et la chaleur en milieu d'après-midi se fait pesante. Dans le haut talus qui sépare le lac de la berge du fleuve, on remarque l'entrée d'un terrier, avec de la terre encore fraîche rejetée à l'extérieur, assez gros pour abriter un blaireau bien qu'il soit vraisemblablement l'œuvre d'un ragondin.

Là où le chemin fait une fourche, évitant celle des deux branches qui longe la berge et bientôt se termine en cul-de-sac (et au bord de laquelle, jusqu'à preuve du contraire, repose toujours le pot de verre renfermant les deux funestes bébés), on emprunte celle qui, entre un champ de céréales et un parking de l'usine

PSA, rejoint la départementale 30, où au prix d'un petit effort supplémentaire on atteindra bientôt l'arrêt Chêne-Feuillu du bus 5 en direction de la gare de Poissy (sur la vitre de l'abribus, un graffiti appelle de ses vœux le « Règne du Christ-Roi » et la « fin des Républiques »). Sur la droite du chemin les automobiles neuves, en toute saison, miroitent sur un parking de l'usine, tandis que sur la gauche les céréales croissent et mûrissent, passant insensiblement du vert au jaune — mais même lorsque le jaune l'a emporté, c'est encore en vert que se dessinent les traces creusées par le passage des tracteurs —, et qu'à l'horizon de ce champ c'est toujours la tour du centre Leclerc, le toit de tuiles rouges du Buffalo Grill ou les immeubles des cités d'Achères que l'on voit poindre au-dessus de la végétation. Dès la fin du printemps, et de plus en plus au fur et à mesure que l'on avance dans la saison, les deux haies d'oseille crépue, de part et d'autre du chemin, prennent de la hauteur, jusqu'à dépasser par endroits celle d'un homme, de l'épaisseur, et une coloration brun-rouge de plus en plus prononcée, leurs grappes de graines qui s'émiettent évoquant une menace de nature imprécise. Enfin dans le bus 5 à destination de la gare de Poissy, on ne peut se retenir de rire en lisant cet avis : « Mesdames, Messieurs, en raison de l'effondrement du mur de la prison de Poissy, du lundi 1er avril au mardi 30 avril 2019 l'arrêt Le Cep ne sera pas desservi dans les deux sens. Nous vous remercions de votre compréhension. »

Ce soir-là, j'ai dormi à l'hôtel Ibis de la gare de Poissy. Bien entendu, j'ai tout d'abord été prendre la mesure des dégâts subis par la prison, dont l'enceinte extérieure, c'est exact, s'est écroulée, le long de l'avenue des Ursulines, sur quelques dizaines de mètres, inconvénient auquel des travaux sont en train de remédier. Dans la rue des Pêcheurs, perpendiculaire à celle de l'écroulement, le mur de la centrale est emprisonné tout du long dans un filet métallique aux mailles serrées. Et dans le fond se voient les deux tours de la collégiale où l'on nous assure que Saint Louis aurait été baptisé, tout comme je l'ai été moi-même à Carrières-sous-Bois.

De 18 à 19 heures, dans ma chambre de l'hôtel Ibis, j'ai suivi sur une chaîne d'informations en continu les derniers développements des aventures des gilets jaunes, me demandant comment leur mouvement pouvait se maintenir aussi longtemps avec des objectifs aussi vagues, ou aussi utopiques (faire subir à Emmanuel Macron le sort de Louis XVI), envisageant l'hypothèse de m'être complètement trompé sur sa nature. À 19 h 30, j'ai regardé, de l'extérieur, le personnel du restaurant l'Esturgeon s'affairer dans la perspective du dîner, tandis que sur des voies de la gare de Poissy fermées pour travaux, des engins ferroviaires de chantier se déplaçaient lentement avec de sourds grincements. Vers 20 heures, je me suis rapproché, sans aller jusqu'à engager la conversation, de deux rastas et d'un rouquin (quant à lui non rasta, du moins en apparence) en train de fumer des joints et d'écouter de la musique à l'extrémité du vieux pont, là où il s'interrompt brusquement : et de cet emplacement, dans la lumière encore vive en avril à ce moment de la journée, j'ai observé un des nombreux phénomènes inexplicables que j'aurai rencontrés dans le cours de mon entreprise. Car depuis ce moignon demeuré intact du vieux pont, on aperçoit, au sommet de la plus proche des quatre piles orphelines situées dans son prolongement, des bouteilles vides, une fois de plus, mais debout, et rangées avec un certain soin, ce qui paraît exclure qu'elles aient été lancées, par exemple, depuis la position momentanément occupée par moi-même et par les rastas (à moins qu'elles n'aient été lancées par quelqu'un qui se serait entraîné toute sa vie pour parvenir in extremis à ce résultat). Mais d'un autre côté, et bien qu'il s'agisse à tout prendre de l'explication la plus vraisemblable, on voit mal comment les gens qui ont vidé toutes ces bouteilles ont pu au préalable escalader cette pile, isolée au milieu des eaux et n'offrant que peu de prises, et a fortiori comment ils ont pu, ivres comme ils devaient l'être, en redescendre. Plus tard dans la soirée, et cette fois dans une quasi-obscurité, j'observerai encore qu'un couple de bernaches du Canada s'est établi, et vraisemblablement a fait son nid, sur le sommet aplati de la même pile, indifférent au risque que fera courir à sa progéniture cette collection de bouteilles vides. À la nuit tombée, les eaux de la Seine semblent figées dans une complète immobilité, comme de la gelée, bien que la vie mystérieuse des poissons, et d'autres créatures aquatiques, fasse naître en surface des ronds qui vont s'élargissant.

Le dimanche 21 avril, jour de Pâques, après avoir partagé la salle du petit déjeuner, à l'Ibis, avec une troupe nombreuse de Chinois, j'ai traversé la Seine à 7 heures précises, alors que la lune, en aval du pont, se tenait exactement au-dessus de l'îlot Blanc — enfin de l'île inhabitée et touffue qui porte ce nom sur les cartes —, tandis qu'en amont le soleil se levait, glorieusement, à l'arrière-plan de l'usine PSA, découpant à contre-jour la haute silhouette de son château d'eau.

Sur la rive droite de la Seine, un panneau, le premier de ce genre que je rencontrais, indiquait qu'en « distances navigables » Paris se trouvait déjà à quelque 74,71 kilomètres et Le Havre près de quatre fois plus loin. Un autre panneau, cette rive en étant décidément très prodigue, assurait que le quartier de la Reine-Blanche, où l'on se trouvait, devait son nom « à la croyance selon laquelle Blanche de Castille y aurait accouché du futur Louis IX », et un troisième et dernier panneau expliquait comment un square minuscule, en bordure du chemin de halage, avait été dédié par la ville de Carrières-sous-Poissy, où elle habitait au moment de sa mort, à Clarissa Jean-Philippe, la policière assassinée le 8 janvier 2015 par Amedy Coulibaly.

« Le monde de la poule d'eau est un monde toujours au présent, et généralement empli de joie », écrit en 1940, dans son *Waterhen's Worlds*, l'ornithologue britannique Eliot Howard, cité par Romain Bertrand dans *Le Détail du monde* (Seuil, 2019). Personnellement, plus j'observe leur comportement, comme je le faisais encore ce matin-là depuis une plateforme aménagée au-dessus d'un étang au bord duquel, dans les roseaux, un cygne couvait sur son nid, et plus je suis enclin à partager cette opinion d'Eliot Howard au sujet des poules d'eau (tandis que je me trouvais seul sur cette plateforme, d'autre part, au-dessus de l'étang sur lequel flottait encore un reste de brume, mes jumelles pendant à mon cou, tenant d'une main un carnet et de l'autre un stylo, j'eus le sentiment, pendant un temps heureusement très bref, de ressembler trait pour trait à un de ces militaires généralement âgés, coiffés de hautes casquettes et le visage illuminé par un large sourire, qui sans jamais lâcher, eux non plus, leur carnet ou leur stylo, afin de ne pas risquer que se perde une seule de ses paroles, accompagnent Kim Jong-un, le leader nord-coréen, dans chacun de ses déplacements).

Quelque chose que Kim aurait aimé voir, surtout si je l'avais accompagné pour prendre des notes, c'est cette espèce de camp de pêche — un de plus — sur lequel je suis tombé peu après. Situé à l'embouchure d'un lac de sablière succédant à celui de la Vieille-Ferme, et contrairement à lui communiquant par une passe avec la Seine, ce camp n'avait pas été dressé cette fois-ci par des Belges, mais par de jeunes Roms, autant que je puisse en juger, et donc vraisemblablement à des fins qui n'étaient pas seulement récréatives. Leur installation se composait d'une tente Quechua équipée d'un auvent, d'un barbecue, d'un feu qui sans doute avait brûlé une partie de la nuit et dont les cendres étaient encore rougeoyantes, enfin d'une douzaine de cannes à pêche disposées à intervalles réguliers sur le rivage et surveillées par quatre jeunes hommes peu bavards. Comme un dispositif du même genre, autour d'une autre tente, avait été déployé sur la rive opposée du plan d'eau, il s'agissait apparemment d'une entreprise d'envergure : et qui peut-être, si j'avais été capable d'en apprendre un peu plus à ce sujet, aurait fait ressortir la place de la pêche en rivière dans l'économie nomade des Roms. Insoucieuses des menaces que les pêcheurs font peser sur elles, pendant ce temps, des carpes ou des brèmes — à la seule vue, et encore à travers une haie, des remous qu'elles engendrent, je ne peux déterminer s'il s'agit de l'une ou l'autre espèce —, enfin de gros poissons, se livrent à une sorte de ballet aquatique au pied de la digue, plantée de saules, séparant l'étang du Port-Saint-Louis de celui de la Vieille-Ferme. Il me revient alors qu'autrefois, quelqu'un m'avait expliqué que les brèmes, au printemps, se gorgeaient de chatons de saules au point d'en crever parfois d'indigestion : une histoire dans laquelle il n'y a sans doute pas un mot de vrai.

Ce paysage modelé jadis par les cultures maraîchères, puis par l'extraction du sable ou du gravier, atteint son plus haut degré de perfection, de mon point de vue, tout au long du chemin des Gilbertes, entre l'avenue Vanderbilt à Carrières-sous-Poissy et le chemin des Graviers à Triel, et par la suite jusqu'à la jonction de celui-ci avec le chemin de la Californie. Ça commence par un passage étroit entre un fouillis de ronces — d'où émerge, incongrue, une pancarte « baignade interdite », datant d'une époque où l'eau devait venir jusque-là — et ce qui ressemble au mur d'un jardin, tantôt moussu, tantôt couvert de lierre. Là où ce mur s'interrompt, le chemin étant désormais bordé de part et d'autre par une clôture grillagée, le terrain présente un relief accidenté qui ne doit rien à la nature et tout à l'exploitation des gravières. Parmi d'instables collines de sable ou de granulats, les convoyeurs à bande, réduits à l'immobilité en ce dimanche de Pâques, ressemblent à des machines de siège privées de remparts à battre en brèche et mises au rebut. Juste avant que le chemin des Gilbertes ne se jette dans celui des Moines, par lequel il rejoint le chemin des

Graviers, il longe l'un des deux petits côtés d'un bassin en forme de trapèze, que ses bords abrupts et l'opacité de ses eaux vertes désignent comme très propice à la noyade. À travers le grillage qui en interdit l'accès, on perçoit les mouvements incessants d'oiseaux pâles, presque diaphanes, au vol rapide et vacillant, qui s'avèrent être des hirondelles de rivage : lesquelles nichent en colonie dans des trous qu'elles ont elles-mêmes creusés dans la berge, haute de plusieurs mètres, que surplombe le chemin des Gilbertes. Mais c'est du sentier perpendiculaire à ce dernier, et longeant l'un des grands côtés du trapèze, que cette activité des hirondelles est le plus facile à observer ; et c'est également sur ce sentier qu'un jour de juin 2018 — jour marqué d'ailleurs par une abondance de lapins confinant au pullulement, croissante au fur et à mesure que la lumière déclinait et atteignant son paroxysme, à la tombée de la nuit, sur le bas-côté de la départementale 190, jusque sur le rond-point qui marque l'entrée dans Triel —, c'est sur ce sentier qu'un jour de juin 2018, en compagnie de Celui-des-ours, nous avons dû enjamber le corps d'un de ces animaux proprement décapité (non moins que le pigeon de la pointe de l'île Saint-Étienne à Melun), quelle qu'ait été cette fois la cause d'un accident aussi étrange.

Quand on marche sur le chemin des Graviers — en fait une véritable route — vers son intersection avec le chemin de la Californie, on ne peut manquer de remarquer au moins deux choses : sur la droite, au loin, les bâtiments d'une usine de traitement des eaux usées, et sur la gauche un nouvel étang, avec au premier plan, dans une prairie ensauvagée et fleurie, les ruines d'une longue maison d'un seul niveau. Dans le voisinage de cette ruine, un rossignol — le premier de la saison, lui aussi — se fait entendre : un rossignol dont on ne saurait écrire, aujourd'hui, comme Maupassant dans *Une partie de campagne*, sa nouvelle déjà citée, qu'« il lançait des trilles et des roulades, puis filait de grands sons vibrants qui emplissaient l'air et semblaient se perdre à l'horizon, se déroulant le long du fleuve et s'envolant au-dessus des plaines, à travers le silence de feu qui appesantissait la campagne ».

Au point où le chemin de la Californie, afin de rejoindre la départementale 190, s'éloigne du chemin des Graviers, il commence par longer un nouvel étang, ou une nouvelle mare, entouré d'un grillage sur lequel on peut lire qu'il s'agit d'un « chantier interdit au public ». De la tranquillité de ce lieu, sans doute provisoire à en juger par les montagnes de déblai qui le jouxtent, plusieurs espèces d'oiseaux ont tiré parti pour s'installer, y compris un couple de cygnes qui a bâti son nid sur un terrain nu en bordure du plan d'eau. On remarque des bernaches du Canada — dont la prolifération constitue désormais un véritable fléau —, des foulques, des mouettes rieuses, un couple de tadornes de Belon et une petite bande de vanneaux huppés. Ce rassemblement a été jugé assez intéressant, par un trio d'ornithologues amateurs, pour planter en bordure du chemin une longue-vue montée sur son trépied et braquée sur la mare. Composé de deux hommes et d'une femme, le trio ne répond que laconiquement à mon salut — sans doute afin de prévenir toute question relative à ce qu'ils sont en train d'observer —, après que celui qui paraît occuper dans le groupe une position de leader a considéré avec dédain la paire de médiocres jumelles, des Nikon, que je porte autour du cou (à vrai dire je possède aussi une paire de Leica, mais je n'ai pas voulu l'exposer dans une entreprise aussi hasardeuse). Peut-être en userais-je de la même façon si les rôles étaient inversés, tant il est vrai que l'on n'a pas envie d'être dérangé lorsqu'on est en train d'observer des oiseaux. Surtout des oiseaux rares. Car c'est ici que les choses se corsent. De retour chez moi, en consultant un site spécialisé, je découvrirai en effet que quelques jours auparavant un vanneau sociable, une rareté, a été observé, au milieu d'un groupe de très ordinaires vanneaux huppés, « dans une petite gravière de la vallée de la Seine près de Saint-Martin-la-Garenne ». Or Saint-Martin-la-Garenne, une commune située sur la rive droite en aval de Mantes, ce n'est pas bien loin de Triel, à vol d'oiseau ; cependant qu'« une petite gravière », c'est un milieu très semblable à celui au bord duquel le trio avait planté sa longue-vue. Et qu'étaient-ils en train d'observer, lorsque je les ai rencontrés ? Apparemment, une troupe de vanneaux huppés. Au sein de laquelle, j'en suis maintenant persuadé, devait se trouver le vanneau sociable, que j'ai été quant à moi incapable de distinguer de ses cousins huppés. Et même s'il ne s'y trouvait pas, c'est certainement lui que les trois ornithologues amateurs recherchaient — l'ayant eux-mêmes observé, ou sachant qu'il l'avait été, quelques jours auparavant, dans un lieu assez semblable et peu éloigné —, avec une fébrilité qui explique peut-être la froideur qu'ils m'ont témoignée. Ce qui donne une certaine consistance à ces conjectures, c'est que l'article susmentionné, sur le site spécialisé, est illustré par une photographie d'un vanneau sociable, en compagnie de vanneaux huppés, pour laquelle sont remerciées trois personnes, deux hommes et une femme, soit exactement la composition du trio que j'ai croisé. Et ce qui ressort de tout cela, principalement, c'est qu'en ce dimanche de Pâques j'ai peut-être observé un vanneau sociable sans le savoir.

Le vendredi 5 avril dans l'après-midi, par suite du caillassage d'un bus 402, la veille au soir, dans le quartier de la Grande-Borne à Grigny, les chauffeurs firent valoir leur droit au retrait et le service s'interrompit progressivement sur toutes les lignes desservant la gare de Corbeil. C'est donc à pied que je me suis rendu de celle-ci à l'hôtel, situé de l'autre côté de la nationale 7, où j'avais réservé une chambre, mû par le désir de voir le jour se lever sur Corbeil : car même si je ne peux prétendre après cela connaître Corbeil, dans le cas de cette ville comme dans celui du pont de Bezons on se sent tout de même un peu moins ignorant, à tort ou à raison, ou un peu moins étranger, lorsqu'on y a passé ne serait-ce qu'une nuit. Dans la montée vers la nationale 7, le long de cette artère tout d'abord rectiligne et fortement inclinée — un peu comme un tremplin de saut à ski — qui dans sa partie supérieure porte le nom de Serge Dassault, à mi-hauteur environ de celle-ci, au rez-de-chaussée d'un immeuble neuf et que divers détails signalent comme étant, ou se voulant, « de qualité », la salle à manger d'une résidence pour vieillards apparaît plongée dans la pénombre — il n'est que 19 heures —, assez éclairée tout de même pour que l'on distingue sur chaque table le couvert mis (le lendemain matin, vers 8 h 30, vue depuis la même avenue Serge-Dassault empruntée cette fois dans le sens de la descente, la salle à manger baigne dans le même éclairage, le couvert y est mis de nouveau — bien que de petites différences, telle la place centrale de la tasse à thé ou à café, signalent sans doute qu'il s'agit d'un couvert de petit déjeuner —, mais toujours pas la moindre trace des vieillards que cet établissement a pour vocation d'accueillir).

Sur la droite — quand on vient de la gare — de l'axe défini par l'avenue Serge-Dassault s'étend le quartier des Tarterêts, et sur la gauche un quartier pavillonnaire et verdoyant, à l'ancienne, traversé par des voies où la circulation est rare et dont la principale porte le nom engageant de rue de la Montagne-des-Glaises. Mais que l'on emprunte l'une ou l'autre, Serge-Dassault ou Montagne-des-Glaises, on n'en débouchera pas moins sur la nationale 7, à l'entrée de la vertigineuse descente, en ligne droite, que décrit cette dernière jusqu'au franchissement de l'Essonne. On reconnaît l'avenue du 8-Mai-1945, sur la rive opposée de la nationale, aux toits rose-rouge du Buffalo Grill, au château d'eau dont il n'est pas douteux qu'il marque le point le plus élevé de Corbeil-Essonnes, aux trois pylônes supportant une ligne à haute tension qui lui font face, et à la présence, au pied de ceux-ci, d'un dépeceur d'épaves automobiles également adonné au commerce des pièces détachées. Puis de très beaux platanes bordent le côté gauche de l'avenue du 8-Mai, et dans une moindre mesure son côté droit. L'hôtel est situé quant à lui dans l'avenue Paul-Maintenant, et juste en face s'étend un terrain vague, couvert d'une végétation buissonnante et clairsemée, assez vaste pour que l'on ait pris soin d'y mettre le sol sens dessus dessous afin de le rendre impraticable aux nomades.

Peu après le lever du jour, le samedi 6 avril, la machine à broyer les épaves est déjà en pleine action, et l'intérêt que je lui porte éveille la méfiance d'un de ses aides, qui se déplace pour venir me demander si je cherche une pièce de rechange. Successivement dans la traversée de la nationale 7, puis dans la descente vers Corbeil par l'avenue Serge-Dassault, on voit que dans les fonds, le long du cours de la Seine ou de celui de l'Essonne, la brume ne s'est pas encore dissipée bien que le temps soit ce matin clair et sec. Vus depuis le niveau de la résidence pour vieillards où le couvert est mis pour le petit déjeuner, les bâtiments des Grands Moulins forment au-dessus du centre-ville, à contre-jour, une masse sombre et bleuâtre. Des bruits de train se font entendre, et il provient de la Francilienne, invisible, une rumeur automobile ample et uniforme. Plus bas, là où la Seine, en dessous de l'hôtel de ville, reçoit souterrainement les eaux de l'Essonne, on voit une troupe nombreuse de cygnes déployée en travers de ce confluent, tandis que des pigeons s'engouffrent dans le tunnel recouvrant celui-ci. Ce qui arrive aux pigeons après qu'ils se sont engagés sous la voûte reste un mystère, mais toujours est-il qu'on ne les voit jamais ressortir. L'une des raisons pour lesquelles j'étais revenu à Corbeil, en dehors de mon désir d'y passer la nuit, c'était pour y reprendre cette conversation, au café Mekan, qui avait commencé sous d'heureux auspices. Hélas le café Mekan était fermé, ce jour-là, bien qu'à travers la vitrine on pût voir que le portrait d'Öcalan n'avait pas bougé, non plus que sur le comptoir la pile de journaux du PKK.

Et il en irait de même lors d'une visite plus tardive, vers la mi-juin, alors que sur le quai de l'Essonne, passé la place du Comte-Haymon, les magnolias sont couverts de fleurs blanches et grasses d'une apparence presque comestible : visite lors de laquelle je constaterai que la maison dont le jardin s'effondrait dans la rivière est maintenant réparée, que le vieux fou au turban hante toujours, et toujours soliloquant, les rues voisines de la cathédrale Saint-Spire, enfin que vient de s'ouvrir, là où l'avenue Darblay enjambe le cours de l'Essonne, une nouvelle boulangerie-pâtisserie-salon de thé qui porte le nom d'Özantep. Quand je demande au patron ce que ce nom signifie, il me répond qu'il s'agit d'une ville de l'est de la Turquie d'où son gendre est originaire. Après avoir vainement cherché Özantep sur une carte, et vaguement soupçonné le patron du salon de thé de m'avoir mené en bateau, je finirai par apprendre d'une amie turque qu'il s'agit d'un nom composé, le préfixe « Öz » signifiant apparemment quelque chose comme « l'essence », et « Antep » étant la forme abrégée du nom de Gaziantep, une ville réputée notamment pour l'excellence de ses spécialités culinaires, et pour l'attentat qui en 2016 y fit plusieurs dizaines de victimes lors d'un mariage kurde : de telle sorte qu'Özantep, ou mieux Öz Antep, signifierait quelque chose comme « l'essence de Gaziantep ».

Quant à ce café Mekan, lors d'une dernière visite à Corbeil, au mois d'août, je le trouverai enfin ouvert et toujours placé sous l'invocation d'Öcalan. En revanche la serveuse est nouvelle, et tout aussi peu francophone que celle qui l'a précédée. Deux hommes d'une trentaine d'années qui discutaient avec animation, accoudés au comptoir, lorsque je suis entré, se taisent ostensiblement, après avoir répondu avec froideur à mon salut, puis ramassent leurs verres de thé pour aller poursuivre leur conversation au-dehors. Une fois de plus, il faut reconnaître, à leur décharge, que mon insistance à revenir dans ce café sans qualité particulière, à plusieurs mois d'intervalle, et dans une ville où manifestement je n'habite pas, ne peut que paraître suspecte à des hommes dont rien ne prouve qu'ils ne sont pas engagés dans une activité politique nécessairement discrète et potentiellement dangereuse.

Tout ce que je peux dire au sujet des œufs, et encore avec une marge d'incertitude, c'est qu'ils avaient été pondus entre le 31 mars, date de ma précédente visite, et le 12 avril, date à laquelle je les ai remarqués pour la première fois : quant à la marge d'incertitude, c'est dans la mesure où rien ne garantit que le cygne vu le 31 mars installé sur son nid n'était pas déjà en train de couver quelque chose. Tout d'abord, les œufs ne furent que deux, d'un blanc légèrement teinté de bleu. Puis, progressivement, il y en eut jusqu'à cinq. L'incubation, d'après le site oiseau.net, durant « environ 36 à 38 jours » — selon d'autres sources, de 34 à 45 jours —, l'éclosion des œufs, si la date de leur ponte coïncidait à peu près avec celle de ma première observation, pouvait être envisagée lors de la troisième semaine du mois de mai. Le 12 avril, j'avais pu voir les œufs en profitant d'un moment où le cygne qui couvait s'était levé du nid et se tenait debout à côté de celui-ci, fourrageant de son bec dans les plumes de son poitrail avec la même fureur que s'il avait été rongé par la vermine : ce que rendait plausible, malheureusement, l'envahissement de la berge, dans la proximité du nid, par les détritus de toutes sortes. C'est le même jour, celui de la découverte des œufs, que j'ai marché sur la rive droite de la Seine jusqu'à Argenteuil, et que dans cette ville, après avoir franchi l'autoroute A 15 à trois reprises, deux fois par en dessous puis une fois par au-dessus, j'ai fait l'ascension de la butte d'Orgemont, jusqu'au moulin qui en marque le point culminant.

Avant d'y parvenir, et sitôt sorti de Saint-Denis pour entrer dans Épinay, j'avais exploré le terrain vague, de dimensions modestes, qui occupe une partie laissée en friche de l'ancien fort de la Briche, comme semble l'attester ce fragment de mur portant les deux dates de 1870 et 1872 (dans l'intervalle, la France avait été défaite, Paris assiégée par les Prussiens et la Commune écrasée dans le sang). Ce qui invitait à le visiter, ce terrain vague, c'était le grillage que l'on avait tendu en travers de la brèche permettant d'y accéder, et que de précédents visiteurs s'étaient chargés d'aplatir.

À tels ou tels de ces visiteurs était également imputable la présence d'une paire de gants de boxe, de couleur rouge, dont la taille indiquait qu'ils étaient destinés à un enfant, et celle de deux petits singes en peluche, tout cela éparpillé autour d'un cercle de cendre marquant l'emplacement d'un feu (à mes yeux, la présence énigmatique de ces objets, à elle seule, justifiait que je me sois introduit sur ce terrain, piétinant à mon tour le grillage préalablement aplati : et lors d'une visite suivante, les gants rouges avaient disparu mais non les deux petits singes, à moins que ce ne soit l'inverse).

Peut-être cette journée était-elle placée sous le signe de la transgression de clôtures — sinon du bris de ces dernières — et de la découverte d'objets insolites, deux activités plus ou moins consubstantielles, il est vrai, à la démarche que j'avais adoptée. Sous le pont que forme l'autoroute A 15 au-dessus de la Seine et du port de Gennevilliers, une moto tout-terrain, apparemment en état de marche, était suspendue au ras de l'eau par un système de sangles, comme si son propriétaire n'avait rien trouvé de mieux pour la mettre à l'abri d'un vol, cependant qu'en retrait de la berge, dans l'herbe, une moto du même type achevait de rouiller, debout sur sa béquille et amputée de la plupart de ses organes. Quant aux clôtures, j'ai encore contourné ce jour-là, successivement, celle qui au-delà du pont autoroutier délimitait le terrain d'une énième entreprise de sable et graviers, puis celle, faite de planches épaisses et déjà vandalisée lorsque je l'atteignis, qui obstruait le tunnel pratiqué sous les voies du chemin de fer afin de relier le quai Saint-Denis à la rue Claude-Monet à Argenteuil. Et parmi toutes les rues que, de là, il faut emprunter pour atteindre l'escalier gravissant la butte d'Orgemont, ou l'allée qui fait la même chose de façon moins abrupte, il en est une qui porte le nom de rue des Cas-Rouges, dont on ne sait s'il se réfère à une maladie ou à une page glorieuse de l'histoire du prolétariat.

Le 21 avril, à mon retour de Triel, j'ai trouvé un mail de ma cousine Françoise dans lequel, à côté de ses vœux pour Pâques, elle mentionnait pour la première fois son propre nid de cygnes, qu'elle venait de découvrir à Athis-Mons, près de Villeneuve-le-Roi : nid dont elle joignait une image où on le voyait garni de paille bien propre et ombragé par un arbre de Judée couvert de fleurs mauves, inaugurant ainsi une sorte de compétition amicale, entre le nid d'Athis-Mons et celui de Saint-Denis — entre son nid et le mien —, à celui des deux dont les œufs écloraient en premier ; compétition qui devait, contre toute attente, se solder par un match nul.

Le lendemain, 22 avril, en me rendant au parc des Chanteraines, à Gennevilliers, afin de vérifier s'il y avait de l'activité du côté du trou de pic épeiche que j'ai déjà mentionné, j'ai entendu, avant de le voir, un oiseau de cette espèce en train de tambouriner, et peut-être d'ébaucher le creusement d'un nouveau trou, dans un grand peuplier de la rive gauche. En marchant le long de celle-ci vers le pont d'Épinay, j'ai entendu d'autres tambourinements, et aussi des cris de pic-vert, provenant indifféremment de la rive sur laquelle je me trouvais ou du parc départemental de l'île Saint-Denis sur la rive opposée. Quant aux cygnes, ils ne faisaient rien de particulier ce jour-là, l'un d'entre eux dormant sur le nid, la tête sous l'aile, et l'autre montant la garde un peu plus loin. Trois jours plus tard, la situation, à vue d'œil, n'avait pas évolué, sinon qu'un chat noir se tenait parmi les détritus à quelque distance du nid, observant celui-ci avec une telle fixité que l'on pouvait se demander s'il n'envisageait pas, dans le cas improbable où la surveillance du couple viendrait à se relâcher, de se jeter sur l'un des œufs. En retrait de la berge du canal, sur son dernier bief avant sa confluence avec la Seine, au pied des grands platanes désormais reverdis, quelqu'un qui devait être doué d'un sens artistique particulièrement délicat, et d'un sens non moins développé de la gratuité, avait cravaté d'un mince ruban de mousseline rose ou blanche une quinzaine de pieds d'ortie : une œuvre non seulement éphémère, et d'une discrétion telle qu'elle risquait de passer inaperçue, mais qui avait aussi le mérite de rendre attrayante une plante que l'on s'efforce généralement d'éviter.

Le 4 mai, il a plu toute la matinée, et dans le jardin de la maison éclusière de la Briche, le premier laissé à l'abandon et la seconde hermétiquement close, les rosiers livrés à eux-mêmes fleurissent avec profusion. S'agissant du nid, quoi de neuf ? Un des cygnes est couché dessus, tandis qu'à quelque distance ce sont désormais deux chats, immobiles et attentifs, qui se demandent s'il n'y aurait pas là, dans l'avenir, une opportunité à saisir. Des chants et des clameurs se font entendre dans les temples donnant sur la rue de la Briche, et on discerne des mouvements à l'intérieur du house-boat en ruine, comme s'il était désormais habité ou en voie de l'être. Issu d'une camionnette stationnée un peu plus loin sur la berge, au-dessus d'un empilement de portes et de fenêtres dégondées provenant peut-être d'un chantier de démolition, un homme jeune, costaud, avec un fort accent dont je suis incapable de déterminer l'origine, vient vers moi et me demande : « Ils sont sortis ? », témoignant par là d'un intérêt pour le nid que rien ne laissait présager.

Enfin le 18 mai, vers 10 h 45, alors que d'un ciel couvert tombent quelques gouttes de pluie, ayant aperçu de loin le nid vide, encore plus que d'habitude hirsute et sale, et m'étant approché avec la crainte de le trouver abandonné, je découvre les deux adultes debout sur la berge en compagnie de quatre poussins, ces derniers, gris et duveteux, occupés à tirer avec le bec, chacun de son côté, sur des brins d'herbe souillée qu'avec l'enthousiasme de la jeunesse ils doivent présumer comestibles.

Dans l'après-midi, lorsque j'ouvrirai ma tablette pour annoncer l'heureux événement à ma cousine Françoise, j'y trouverai un mail, arrivé en mon absence et accompagné d'une photographie, attestant qu'un événement semblable vient de se produire à Athis-Mons, et qu'en dépit d'un nombre supérieur d'œufs il y est né le même nombre de poussins.

À quiconque éprouve le désir de voir de près un champ de salades — tant de laitue que de frisée, et tant de rouge que de verte —, on peut recommander au moins deux emplacements sur la rive gauche de la Seine en aval de Paris : le premier au bout de la rue du Port au Mesnil-le-Roi, le second immédiatement en amont du pont qui relie Triel à Vernouillet. Au-dessus du premier, en saison, j'ai vu flotter, au bout d'antennes mobiles, des leurres assez ressemblants aux rapaces qu'ils s'efforçaient d'imiter. Quant au second, qui s'étend sur environ cinq cents mètres le long de la Seine, je me suis inquiété, au printemps 2019, d'y voir flétrir, avant que l'on se donne la peine de les ramasser, plusieurs rangées de salades appartenant à trois variétés distinctes de ce légume.

Dans cette direction, si l'on poursuit au-delà du champ de salades, on atteint une petite route dont c'est à peine si elle est revêtue, et qui après être passée sous une départementale aux proportions autoroutières, puis sous une ligne à haute tension, laisse sur sa droite, dans l'ombre d'un pin gigantesque, une maison aux volets clos qui semble n'être habitée que par des oies : celles-ci extrêmement bruyantes, comme il sied à leur espèce.

De retour au pont qui relie Triel à Vernouillet, si l'on suit la berge dans la direction opposée à celle des champs de salades, vers l'aval et vers Les Mureaux, on se retrouve bientôt sous le couvert d'un bois. Sur la droite du chemin, un chemin plus étroit mène à une sorte de plage où dans le sable sont imprimées des traces de pas nombreuses et récentes, de nature à inspirer de la méfiance à quiconque, sitôt qu'il a des branches au-dessus de la tête et les pieds dans les ronces, se croit parachuté dans la jungle birmane du temps de l'occupation japonaise. Et ce qui ne peut que renforcer cette impression, c'est ce bâtiment bas, en plein bois, apparemment impropre à tout usage autre que militaire, d'ailleurs percé de deux trous que l'on pourrait imputer à des tirs de roquettes, et qui ménagent à l'intérieur juste assez de lumière pour que l'on y distingue un petit lac d'eau noire où baignent des chaises en plastique.

Le 27 avril, le vent s'est levé alors que je traversais ce bois, il a forci — au point de rendre par moments inaudible le chant, pourtant nombreux et sonore, des rossignols — cependant qu'entre la Seine et l'étang du Gallardon je me trouvais en quelque sorte au milieu des eaux, puis forci encore au moment où j'atteignais, sous une pluie battante, la base de loisirs aménagée au bord de l'étang du Rouillard, et ainsi de suite tandis que je longeais l'usine des Mureaux où se construit l'étage principal de la fusée Ariane, sixième du nom, et le quai d'où il sera acheminé par la voie fluviale jusqu'au Havre.

C'est peu après, alors que le vent et la pluie atteignent leur intensité maximale, que survient l'incident du Cercle de la voile de Paris (celui-ci, dont le bâtiment d'allure bourgeoise tranche avec l'idée que l'on se fait habituellement des Mureaux, ne s'y est établi qu'en 1893, apparemment à l'initiative de Gustave Caillebotte, l'un de ses fondateurs, après que le chantier du pont-aqueduc de Colombes eut rendu impraticable le plan d'eau d'Argenteuil). Alors que plusieurs petits dériveurs, manœuvrés par des enfants ou des adolescents, évoluent dans un grand désordre sur le plan d'eau, en pleine bourrasque, en même temps que se rapproche un paquebot fluvial dont il ne semble pas que l'homme de barre ait remarqué le danger, l'un des voiliers, couché par une rafale, prend soudainement une si forte gîte qu'il précipite à l'eau son équipage. Puis le voilier se redresse et va piquer du nez contre la rive opposée, tandis que les quatre gamins, heureusement bien repérables à leurs gilets de sauvetage, nagent dans la Seine, comme ils peuvent, gênés par les vagues courtes et serrées qui l'agitent, avant d'être repêchés peu à peu par des moniteurs manœuvrant un autre voilier. Tout cela n'a pas duré très longtemps, mais tout de même assez pour que l'état d'au moins un des naufragés nécessite l'intervention des pompiers. Le chavirage s'est produit alors que, fuyant l'averse, j'ai cherché refuge sous l'avant-toit d'une bicoque où se sont également abrités une demi-douzaine de retraités surpris au milieu d'une partie de pétanque. À eux six, ils représentent trois groupes ethniques différents, et de la cordialité visiblement ancienne de leurs rapports, outre qu'au moins l'un d'entre eux porte une casquette aux couleurs de cette entreprise, je conclus qu'ils se sont connus sous les auspices de la régie Renault, et plus précisément de l'usine de Flins. Lorsque la pluie cesse, que le soleil revient et que je reprends mon chemin vers le pont Rhin-et-Danube que je prévois d'emprunter pour rejoindre l'île du Fort à Meulan, deux gamins, à peu près de l'âge des naufragés, mais issus quant à eux d'une cité des Mureaux, sont en train de se faire contrôler par la police au volant d'une voiture qu'au minimum ils sont certainement trop jeunes pour conduire.

Deux semaines plus tard, observant le plan d'eau des Mureaux depuis l'île du Fort à Meulan, je constaterai que bien que l'on soit un samedi, et que le temps soit ce jour-là très propice, aucun dériveur ne se montre et les abords du Cercle ne présentent aucun signe d'activité, qu'il s'agisse ou non d'une conséquence de l'incident survenu le 27 avril.

Ce que mon oncle Jef m'a raconté alors qu'il était hospitalisé au Centre de cardiologie d'Évecquemont — auquel on accède, venant de la gare de Thun-le-Paradis, en à peine un quart d'heure de marche —, je n'en conserve en réalité aucun souvenir, ayant même oublié en quel mois, de quelle année, je lui ai rendu visite dans cet établissement. Il me semblait que c'était peu de temps avant sa mort, mais d'après le témoignage de Françoise, bien plus fiable que moi, et surtout beaucoup plus assidue auprès de cet oncle malade, il lui restait encore quelques années à vivre lors de son hospitalisation au Centre de cardiologie d'Évecquemont. D'autre part, comme j'aurais aimé qu'il me parle, à cette occasion, de ce que Françoise appelait son « voyage en Russie », il m'arrive parfois d'imaginer qu'il le fit, même si c'est en réalité Françoise qui eut l'exclusivité de tels récits. À la même époque, m'a-t-elle dit, il lui arrivait de s'égarer complètement, et par exemple d'imaginer, le matin, qu'il se trouvait en « zone libre », et donc revenu au temps de la guerre, et le soir en « zone occupée ». Maintenant que Françoise est morte, parmi d'autres raisons de regretter de ne pas l'avoir mieux connue, il y a le fait qu'avec elle a disparu ma dernière chance de savoir dans quelles circonstances exactes cet oncle s'était engagé dans la LVF, et comment et pourquoi il avait décidé de déserter de celle-ci et de traverser à pied les Pyrénées pour tenter de rejoindre les Alliés.

Lorsque je suis retourné au Centre de cardiologie d'Évecquemont, en mai 2019, je l'ai fait uniquement afin de m'assurer que c'était bien là que j'avais rendu à mon oncle Jef cette dernière visite, quelque vingt-cinq ans plus tôt. Et la vue que depuis la terrasse de l'hôpital on découvre sur la vallée de la Seine, et qui se caractérise par la présence de l'étang du Rouillard, de l'aérodrome des Mureaux ou du site de fabrication de la fusée Ariane, cette vue, à peu près inchangée après toutes ces années, m'a convaincu que sur ce point au moins ma mémoire ne m'avait pas trahi.

Une fois cette vérification opérée, je suis

redescendu vers le centre de Meulan où j'avais réservé une chambre à l'hôtel du Fort, dans l'île du même nom. C'est en rejoignant celle-ci que, depuis le pont aux Perches, j'ai observé tout d'abord un premier radeau de détritus, en partie végétaux et en partie d'origine humaine, qui s'était formé là où des branches flottantes étaient restées coincées entre deux piles. En lui-même, ce radeau ne constituait pas un phénomène extraordinaire : mais ce qui l'était, en revanche, c'était qu'il eût été choisi par un couple de poules d'eau pour y faire son nid, composé de brindilles, de vieux journaux détrempés et de pots de yaourt, et y élever ses six poussins, dont au moins deux, lorsque je les ai aperçus, étaient en train de déchiqueter une vieille pelure d'orange. Bientôt je m'avisai de ce qu'un second radeau, en tout point semblable au précédent, s'était formé dans les mêmes conditions sous l'arche suivante. Vers 20 heures, à eux deux, ces radeaux accueillaient, outre le couple de poules d'eau et leurs six poussins, deux bergeronnettes grises, un chevalier guignette, un héron cendré, un ragondin vivant, en train de faire sa toilette, et un autre apparemment mort.

Deux jeunes gens qui passaient sur le pont se sont arrêtés pour contempler ce spectacle, ce qui déjà me les a rendus sympathiques, puis l'élément masculin de ce couple, car il s'agissait d'un couple, m'a demandé à quelle espèce appartenaient les poules d'eau, et si elles avaient quelque chose à voir avec les poules terrestres.

Le lendemain matin, au lever du jour, les deux premières personnes que j'ai vues venir vers moi, sur le pont aux Perches, étaient deux dames d'une imposante stature, et si étroitement caparaçonnées dans leurs voiles, ceux-ci de couleur grise ou brune, que de loin, dans un demi-sommeil, elles me firent l'effet d'être deux chevaliers vêtus de cottes de mailles et privés de leurs montures. Dans la même veine onirique, le groupe d'infirmiers, hommes et femmes, tous porteurs de blouses blanches et de masques de gaze, que je vis à distance, sur le parvis de l'hôpital de l'île du Fort, poussant avec vigueur, sinon avec brutalité, un fauteuil roulant dans lequel avait pris place un vieillard, ce groupe, au sein duquel aucune parole n'était échangée, et dont les gestes avaient quelque chose de théâtral, ou de chorégraphique, me donna l'impression que loin de secourir le vieillard, il était en train de le punir, voire de procéder à son enlèvement.

Ces enchantements cessèrent sitôt que j'eus franchi le bras principal de la Seine, sur un pont d'où se voyaient en aval les deux hautes cheminées de la centrale électrique de Porcheville.

Sur la rive gauche, au départ des Mureaux, il y eut tout d'abord ce grand atelier, vide, dont la charpente métallique et le pont roulant étaient envahis par la clématite sauvage, puis une longue allée de tilleuls, puis une écluse désaffectée qu'il était interdit de traverser « sous peine de poursuites », et tout ce qui précède accompagné par le chant du coucou, à intervalles réguliers, et occasionnellement le tambourinement d'un pic. Puis il y eut un bois, au sortir duquel le chemin s'écartait de la berge pour s'engager entre deux champs dont l'un était nu, en cette matinée du 12 mai, et l'autre planté de céréales. Le champ de céréales n'a pas été traité, ou traité avec tact, et du coup les coquelicots y sont presque aussi abondants que sur un tableau de Monet. C'est de celui d'en face, au demeurant, et de sa nudité, que s'élève en grisollant (ou en tirelirant) la première alouette de la journée. Au loin se profile la silhouette de l'usine Renault de Flins, vers laquelle le chemin, ayant décrit à nouveau un angle droit, se dirige maintenant, bordé d'un seul côté par une haie d'aubépines, de pommiers et de chênes rabougris. De part et d'autre les champs sont de nouveau plantés de blé ou d'orge, parsemés de coquelicots, dominés par des pylônes électriques dont les quatre pieds sont chaussés de lierre sur une hauteur de plusieurs mètres. À tout instant, des lapins jaillissent de l'un des champs pour se jeter dans l'autre, et il arrive que l'un d'eux s'arrête brièvement au milieu du chemin et me regarde, sans doute pour prendre la mesure du danger que je représente.

Contrairement à l'usine PSA de Poissy, l'usine Renault de Flins a ménagé un passage, le long de la Seine, qui permet de rejoindre en aval l'étang du Giboin. De celui-ci, sur le fond duquel reposent quantité d'arbres morts, dont les branches ici et là crèvent la surface, il convient de retenir au moins deux choses : premièrement son nom, qu'on dirait celui d'une espèce intermédiaire entre le gibbon et le babouin, et deuxièmement qu'une partie de ses berges est occupée par des pontons « réservés exclusivement aux adhérents du Gardon éponois », du nom de ce village d'Épône que l'on aperçoit en retrait de l'autoroute A 13, dite de Normandie. « Amis pêcheurs », ajoute à toutes fins utiles le Gardon, témoignant ainsi de la confiance limitée que lui inspirent ses adhérents, « merci de laisser l'endroit propre ».

Si le nom du Giboin est attrayant, ce n'est rien à côté de celui du champ, ou du terrain, qui s'étend au bord de la Seine un kilomètre environ en aval des ponts de Rangiport, et que la carte IGN au 1/25 000e désigne comme la Fosse à Jean Lucas : un nom si beau qu'on le croirait tiré d'un roman campagnard de Marcel Aymé, quelque chose comme *La Table-aux-Crevés*. Et ce qui émerveille aussi, dans ce nom, c'est la certitude qu'à moins de longues et fastidieuses recherches dans des archives cadastrales, et encore, on n'en épuisera jamais le mystère, faute de la moindre idée de qui était ce Jean Lucas, et de pourquoi sa fosse (« cinq choses à savoir sur Jean Lucas, la nouvelle recrue de l'OL », me signale le site France-Football dans un article daté de juin 2019, mais il ne doit pas s'agir du même). Faisant suite à celui des Grands Noyers, le champ dit de la Fosse à Jean Lucas occupe donc sur la carte, et sans doute aussi dans la réalité, tout l'espace compris entre le chemin de halage et le sentier des Gravois. Tel qu'il se présente à moi, en ce dimanche 12 mai vers la fin de la matinée, il est planté en blé et survolé de biais par une ligne à haute tension au moment où elle se dédouble pour traverser la Seine en direction de Porcheville. Le blé est uniformément d'un vert argenté, sans la moindre plante messicole telle que coquelicots ou bleuets, et d'ailleurs sans la moindre trace de vie sauvage à l'exception de ces deux fantoches, un faisan et un chevreuil, qui ne doivent leur existence, l'un et l'autre, qu'au bon plaisir des chasseurs. Le premier s'envole devant moi à grand bruit et en lâchant une giclée de fiente, le second tente de se dissimuler au milieu des blés, et entre la Seine, l'autoroute et la voie ferrée, son avenir proche ne paraît pas très riant. Si je me suis engagé, quant à moi, sur le chemin qui borde sur la berge la Fosse à Jean Lucas, c'est dans l'espoir qu'il se prolongerait jusqu'à Mantes. Au lieu de quoi il pivote bientôt de quatre-vingt-dix degrés pour s'éloigner de la Seine et piquer vers le double obstacle, apparemment infranchissable, que forme à quelque distance l'autoroute associée à la voie ferrée. Au fur et à mesure que l'on se rapproche de cet obstacle, enjambant au passage un rond de cendres et une jonchée de boîtes de bière — une découverte tout de même inhabituelle, en plein champ —, la rumeur de l'autoroute se fait plus ample et plus diverse, jusqu'au moment où l'on s'engage dans le tunnel qui permet de la franchir par en dessous. Dans le prolongement de celui-ci, le tunnel qui permettrait de franchir de la même façon les voies ferrées étant envahi par les eaux, on est condamné, si l'on veut continuer à progresser dans la direction de Mantes, à emprunter la piste aménagée en contrebas de l'autoroute pour la desserte d'un chantier : piste que les mouvements d'engins et de camions, durant la semaine, doivent rendre totalement impraticable.

Après un peu plus de deux kilomètres de cette purge, les choses se gâtent encore lorsque l'on atteint ce chantier, dont l'objet, semble-t-il, est d'infléchir la trajectoire de l'autoroute A 13 au point où elle franchit du même élan les voies ferrées et la départementale 113 (franchissement qui ménage aux automobilistes se déplaçant d'ouest en est une vue célèbre, à juste titre, sur le cours de la Seine dominé par les deux cheminées monumentales de la centrale électrique de Porcheville). Il y a deux ans, la première fois que dans ma volonté d'atteindre Mantes à pied j'ai été confronté à cet obstacle, au-delà du chantier un vague sentier se prolongeait en contrebas de la voie ferrée, jusqu'au moment où il s'interrompait brusquement, ne laissant d'autre choix que de revenir sur ses pas ou de se lancer à grand risque dans la traversée des rails : à grand risque car la visibilité, à ce niveau, est limitée de part et d'autre, et c'est de trois voies qu'il s'agit, empruntées tant par des Transiliens que par des TER ou des Intercités à destination ou en provenance de toutes les gares de Normandie, sans compter les convois de marchandises. Et au risque de se faire hacher menu, non négligeable dans de telles conditions, s'ajoutait celui, plus consistant, d'être surpris par une caméra de surveillance en train de traverser les voies, avec les suites légales que l'on imagine, surtout dans le cas où l'intrusion aurait entraîné une interruption du trafic. Depuis, la situation s'est un peu améliorée, dans la mesure où la broussaille dans laquelle le chemin s'interrompait a été impitoyablement éradiquée, dégageant entre la Seine et la voie ferrée, sur plusieurs kilomètres, un espace dénudé, constellé de débris végétaux comme dans le sillage d'une avalanche ou d'un éboulement, mais qui permet du moins d'entrer dans Mantes à pied, comme je m'étais promis de le faire, et par la berge. Là où cet itinéraire se raccorde à une promenade aménagée habitait jusqu'à l'an dernier un ermite avec lequel j'ai le souvenir d'avoir échangé quelques mots, et dont je retrouve aujourd'hui la tente arrachée et les affaires en vrac, parmi lesquelles plusieurs sièges, un barbecue à roulettes, un panier à salade et une cocotte-minute.

Le samedi 25 mai, pour la première fois cette année-là, j'ai vu, par-dessus le mur d'un jardin, un cerisier couvert de cerises presque mûres. Cela se passait à Vigneux, où je m'étais rendu, de nouveau, afin de reprendre avec M. Loutre notre entretien au sujet de la pêche aux carpes. Un peu après midi, m'étant mis en quête de quelque chose à manger, je me suis retrouvé devant la Boucherie-alimentation de la gare, dont la devanture rouge sang-de-bœuf, au numéro 5 de la rue Molière, est oblitérée par le très voyant logo d'AVS, un organisme de certification halal qui ne prend pas les choses à la légère, comme on peut s'en convaincre en consultant son site internet. Un an plus tôt, en compagnie de mon ami François, nous avions acheté là un demi-poulet pour aller le manger au bord de l'eau dans le parc du Port-aux-Cerises, et à cette occasion le personnel masculin de la boucherie m'avait semblé d'un abord plutôt âpre. Cette fois, j'aurai affaire à une dame d'une amabilité irréprochable, et les mini-batbouts — une spécialité du mois de Ramadan, même si on peut en manger en toute saison — que je lui achèterai, farcis au thon ou au poulet, s'avéreront également dignes d'éloge. Avant de me rendre à mon rendez-vous avec M. Loutre près de l'écluse d'Ablon, là où il finit sa tournée, je me suis efforcé sans succès de m'introduire sur le terrain, entre le quai de la gare et le parking, qu'occupait l'hiver dernier un camp rom, et qui est désormais vide et nu, surveillé par deux gardes assistés d'un berger allemand. Au-dessus du chemin de l'Écluse, peu avant qu'il ne s'aligne sur la berge de la Seine, les arbres forment une voûte, et sur la droite se déploie un champ de blé uniformément vert, sans la moindre tache de couleur trahissant la présence d'une quelconque plante messicole.

Le ciel se couvre de nuages de plus en plus menaçants, le bruit des avions à l'atterrissage est presque incessant, trois jeunes Roms reviennent de l'écluse, apparemment bredouilles mais chacun avec une canne à pêche sur l'épaule. « Quand j'étais gamin », dit M. Loutre, après qu'il a garé au bord du chemin sa voiture jaune et silencieuse, « avec mon père on allait chercher des écrevisses au château (le “château” de Port-Courcel, non loin de là), il y en avait de belles… ». Dans l’entretien qui suit, et qui porte donc principalement sur les carpes, M. Loutre dit de ces dernières que « si elles avaient des estomacs, on ferait des pêches miraculeuses… ». À tort ou à raison, M. Loutre pense en effet que les carpes sont équipées seulement d’un intestin, ce qui induirait chez elles un appétit moindre. Toujours est-il que c’est surtout la nuit qu’elles se nourrissent, parce que, dit encore M. Loutre, c’est l’écrevisse qui constitue leur nourriture préférée (estomac ou pas), et que celle-ci est de mœurs nocturnes. « Au niveau de la carpe, dit enfin M. Loutre, c’est les Anglais qui ont tout inventé… » Et parmi les Anglais un homme en particulier, un certain Kevin Maddocks, qui serait en quelque sorte l’inventeur des « bouillettes », ces boulettes d’appât faites de plusieurs farines, additionnées de jaune d’œuf et parfumées de différents arômes dont les plus odorants, singulièrement celui de « Monster Crab », seraient les plus efficaces. De retour chez moi je localiserai sur internet « Carp fishing with Kevin Maddocks, part 1 », mais je me découragerai assez vite au fil des vingt-cinq minutes et cinquante-sept secondes que dure cette première partie.

Enfin c'est aussi le 25 mai que je trouverai la passerelle de l'écluse d'Ablon de nouveau accessible, et que je l'emprunterai pour passer sur la rive opposée, observant depuis celle-ci, en chemin vers Villeneuve-le-Roi, à quel point les péniches coulées dans le canal exutoire de la fosse Montalbot, vues sous cet angle, présentent un aspect différent de celui, plus dramatique, que je connaissais jusqu'alors.

Dans le village de Mézy, sur la rive droite de la Seine, où Berthe Morisot passa deux des cinq dernières années de sa vie, si dans la rue du Château, après la mairie, on prend sur la gauche la ruelle Souillard, on se retrouve bientôt sur la route d'Apremont — une route si peu fréquentée, certains jours, que l'on pourrait disposer au milieu une table de plusieurs couverts sans grand risque d'être dérangé —, au-dessus de laquelle, en pleine campagne, se dresse la villa dite de Paul Poiret. C'est en effet ce couturier — que l'on crédite parfois d'avoir « libéré la femme du corset », quelle que soit la pertinence de cette assertion — qui au début des années 20 se fit construire, par l'architecte Robert Mallet-Stevens, cette maison qu'il ne devait jamais habiter, semble-t-il, à l'exclusion du pavillon destiné au gardien, sa propre entreprise ayant fait faillite entre-temps et le chantier étant resté en suspens. Enfin que cette maison ait été victime d'un sortilège, ou simplement que ses proportions inhabituelles en aient fait une trop lourde charge pour ses propriétaires successifs, hormis durant le demi-siècle où elle appartint continûment à la comédienne Elvire Popesco elle connut souvent l'abandon, la déshérence, et c'est peut-être encore le sort qui la frappe aujourd'hui. Ou peut-être pas. Car si je n'ai jamais observé à l'intérieur le moindre signe de vie, lors des deux visites que j'y ai faites, la première le 23 mai 2019 et la seconde le 14 juin de la même année, il est incontestable qu'entre ces deux dates la brèche que j'avais remarquée dans sa clôture, le long du chemin des Belles-Vues, ou dans la haie qui en tenait lieu, avait été résorbée par la pose d'une barrière, même si la nature du terrain rendait le contournement de celle-ci d'une facilité déconcertante. La première fois, étant d'un naturel craintif, je m'étais contenté, après être passé par cette brèche, de faire quelques pas sur l'herbe de la pelouse en direction des chênes et des pins, splendides, qui l'ombrageaient, mais en m'avançant juste assez pour pouvoir me vanter de cette aventure. La deuxième fois, le 14 juin, comme j'étais en compagnie de Celui-des-ours, dont la réputation d'audace n'est plus à faire, et comme nous célébrions d'autre part une circonstance solennelle, nous avions traversé toute la profondeur de la pelouse pour nous rapprocher de la maison elle-même et en faire le tour, marchant sur la terrasse, regardant à travers les immenses baies vitrées et retirant de cette inspection le sentiment que personne ne vivait là, même par intermittence (en revanche la hauteur adéquate de l'herbe dans le parc, et plus généralement la luxuriance maîtrisée de ce dernier, témoignaient d'un entretien régulier). Lorsque j'étais venu seul, aussitôt après ma brève incursion j'avais contourné la maison, et le terrain sur lequel elle est bâtie, pour aller m'asseoir en contrebas sur le talus de la route d'Apremont, au point précis où se découvre, en bordure d'un champ de colza, la vue la plus étendue sur la vallée de la Seine, depuis les tours de la Défense que l'on voit poindre dans le lointain, vers l'est, jusqu'au village d'Épône (celui du Gardon) dans la direction opposée, avec au milieu, souveraine, l'usine Renault de Flins, parmi les champs de blé, rouges pour certains de coquelicots, et les parkings couverts d'automobiles rutilantes. Lors de ma seconde visite, en compagnie de Celui-des-ours, depuis le même emplacement se voyaient distinctement l'autoroute et la circulation incessante qui l'animait, les voies ferrées sur lesquelles, de loin en loin, des trains circulaient dans les deux sens, et aussi la tache jaune que formait la tente d'un cirque sur ce qui devait être un parking, ou la courbe étincelante, tel un glacier, que décrivait au milieu d'un bois sombre une large coulée de cultures sous serres.

Ma prise de Mantes par la rive droite de la Seine, après le succès de ma tentative sur la rive gauche, je l'ai anticipée dès la veille et depuis le village d'Épône, soit à une dizaine de kilomètres de mon objectif par le chemin que je prévoyais d'emprunter. Pour me rendre à Épône, venant de Gargenville, j'avais traversé successivement deux bras de la Seine et entre les deux l'île de Rangiport. Dans celle-ci — dont la plus grande partie, à la date de ma visite, le 13 juillet 2019, est occupée par un champ dont la couleur, lorsqu'on le voit depuis la chaussée de la départementale 130, c'est-à-dire de loin et en hauteur, suggère qu'il est planté uniformément de blé ou d'orge arrivant à maturité —, dans celle-ci la présence humaine, ou du moins l'habitat, se limite à un hôtel-restaurant situé du côté droit de la route, précédé d'un vaste parking, à l'usage surtout des poids lourds, que domine un pylône supportant une ligne à haute tension (la même qui traverse la Seine au niveau de la Fosse à Jean Lucas). Bien que deux semi-remorques stationnent sur ce parking, et bien qu'il propose un menu à 13,90 euros — « prix choc ! » — composé d'un buffet à volonté, d'un plat et d'un dessert, cet établissement, le Relais A 13, semble désert, et de plus en plus, pourrait-on dire, au fur et à mesure que l'on s'en rapproche : et il y a même quelque chose d'inquiétant, il faut en convenir, dans le spectacle de la salle de restaurant telle qu'elle apparaît à l'heure du déjeuner, vide et silencieuse, à travers sa fenêtre grande ouverte et derrière une porte résolument close. Si au moins les chauffeurs des deux poids lourds étaient en train de faire la sieste, seuls ou en compagnie, à l'intérieur de leurs cabines... mais aucun mouvement, non plus qu'aucun bruit, n'émane de l'une ou de l'autre.

On en viendrait à craindre pour cet établissement le sort qu'a connu celui — « bar-hôtel-restaurant, pizza au feu de bois » — qui sur la rive gauche, à cent cinquante mètres de là, présente désormais l'aspect d'une ruine partiellement calcinée — même si les dégâts causés par l'incendie ne sont pleinement visibles que depuis la berge — et dont un panneau nous informe qu'il est « à vendre en l'état, direct propriétaire », les deux numéros de téléphone de ce dernier, fixe et portable, étant également affichés.

En contrebas de la départementale 130 dans la direction d'Épône, le long d'un champ planté d'orge, un chemin semble tout d'abord mener vers l'autoroute A 13, et peut-être offrir une possibilité de la franchir par en dessous, jusqu'à ce qu'il adopte une trajectoire plus ou moins parallèle à celle-ci. Pour aller à Épône il faut donc se résoudre à suivre jusqu'au bout la départementale, bien qu'elle soit en grande partie dépourvue de bas-côtés accessibles aux marcheurs. À l'embranchement de la voie menant à la « zone d'activités de la Couronne des Prés » et à l'hôtel où j'ai réservé pour la nuit, une station Total offre les mêmes commodités — portique de lavage, boutique proposant un choix de boissons et de nourritures sous cellophane — que son homologue du pont de Bezons. À l'heure du dîner, le restaurant de l'hôtel étant fermé, je devrai passer à travers cette station pour me rendre au village d'Épône. Celui-ci s'enorgueillit d'avoir accueilli pour son mariage, et en d'autres occasions, l'écrivain Dominique de Roux, mais le panneau qui l'honore ne dit rien, dans un résumé de sa vie il est vrai très succinct, de son engagement de plusieurs années au côté de Jonas Savimbi, le chef de guerre angolais nationaliste et anticommuniste.

De retour du village, après dîner, j'ai constaté que plutôt que de faire un long détour et de repasser par la station Total pour rejoindre l'hôtel, je pouvais descendre, en m'aidant de la végétation, le long du haut talus séparant de l'avenue du 19-Août-1944 le parking de cet établissement, puis m'y introduire à travers une brèche pratiquée à dessein dans la clôture. Plus tard j'ai pris un bain, bien que la baignoire fût trop petite, puis, pour voir la nuit tomber, je suis monté aussi haut que possible sur l'escalier extérieur de l'hôtel. À 22 h 15, cependant que les deux cheminées de la centrale de Porcheville, sommée pour l'une d'un feu blanc, se détachaient en noir sur les couleurs de plus en plus démentes du couchant, j'ai noté, comme je l'avais fait deux ans plus tôt à Mardin, dans l'est de la Turquie, qu'à un moment précis, correspondant à un certain état de la lumière, ou plutôt de l'obscurité naissante, les martinets, comme sur un coup de baguette, disparaissaient tous ensemble du ciel qu'un instant auparavant ils emplissaient de leurs trajectoires et de leurs cris.

Le lendemain matin, avant de prendre la route, j'ai vu le soleil se lever au-dessus des hangars et des remorques dételées sur le parking de l'entreprise Kuehne + Nagel. Au bord de la D 130, peu après 7 heures, un poids lourd immatriculé en Pologne, qui gisait hier, silencieux, au même endroit, a désormais le moteur qui tourne. Bien que la circulation sur l'autoroute, en contrebas, soit exceptionnellement clairsemée, il en monte tout de même un bruit de ressac. Près de la rive gauche de l'île de Rangiport, au pied du pont, un homme seul pêche depuis sa barque, tel le héros de cette nouvelle de Maupassant qui a l'infortune d'accrocher avec sa ligne un cadavre reposant sur le fond. L'hôtel situé au milieu de l'île — celui qui affiche un menu à 13,90 euros — ne paraît pas mieux achalandé aujourd'hui que la veille, et sur le parking on ne compte plus qu'un seul poids lourd.

Si je tenais, après y avoir accédé par la rive gauche, à entrer dans Mantes, cette fois, par la rive droite (et pour solde de tout compte), c'était surtout parce que l'ayant déjà fait, un an auparavant, à la même date, par une chaleur accablante et selon un itinéraire particulièrement ingrat, j'étais désireux de vérifier s'il n'existait pas une autre façon, moins éprouvante, d'atteindre le même objectif. Le seul bon souvenir que je conservais de ma tentative précédente — outre les passages répétés, au-dessus de ma tête, des avions de combat qui tuaient le temps dans l'attente du défilé sur les Champs-Élysées —, c'était d'avoir observé longuement, sans qu'il remarque ma présence, un brochet à l'affût le long du bord, là où les branches tombantes d'un saule formaient un tunnel végétal au-dessus de l'eau. Cela se passait juste avant que le chemin de halage, à Porcheville, ne soit interrompu par la clôture de la centrale électrique. Et c'est au-delà, depuis le confluent de la rue des Closeaux avec la départementale 146, jusqu'au point où celle-ci était enjambée par des voies de chemin de fer, que ce trajet s'était avéré fastidieux, un an plus tôt, singulièrement sur les deux kilomètres, comptant pour une dizaine, où la route longeait les installations du port de Limay. Or la berge étant rendue inaccessible par ces installations, et auparavant par celles de la centrale électrique, il n'existait aucune alternative à cet itinéraire, comme je pus m'en assurer lors de cette nouvelle tentative.

Et ce n'est qu'après le passage de la départementale sous le pont de chemin de fer que je parvins à lui échapper définitivement (et à l'envoyer au diable), en gravissant le haut talus qui dérobait au regard un champ de maïs, puis, à partir de celui-ci, en suivant le sentier, bordé de cabanons et de jardins ouvriers, qui rejoignait la berge de la Seine là où reprenait le chemin de halage. De l'un des jardins ouvriers s'était échappé un cerisier, désormais ensauvagé, dans lequel je prélevai une poignée de fruits minuscules au goût de confiture. Par-dessus la végétation de l'île de Limay se voyaient maintenant les deux tours de la collégiale de Mantes, si souvent peintes, bientôt j'atteignis le vieux pont, celui dont il manque le milieu, et non loin de là le restaurant Au vieux pêcheur, dans lequel l'année précédente j'avais été surpris, en bien, que l'on ne fît pas de difficulté pour me servir, en dépit de l'aspect sordide que je présentais après plusieurs heures de marche dans la poussière, en plein soleil et par une chaleur extrême. Cette année il faisait moins chaud et je n'avais pas faim, mais je notai quand même, à toutes fins utiles, qu'en ce dimanche 14 juillet le plat du jour, affiché à l'extérieur du restaurant, consistait en un « duo de lotte et gambas sauce homard ».

À Argenteuil, le vendredi 12 juillet, sur le marché Héloïse qui au milieu de la matinée draine une foule nombreuse, on remarque dans le même périmètre : premièrement, un petit homme d'allure autoritaire portant un collier de barbe, un gilet multipoches, et pendus à son cou trois sifflets dont chacun doit émettre un son différent. Deuxièmement, un camelot en train de faire la démonstration — convaincante, au point de susciter une envie presque irrésistible d'acquérir l'article en question — d'un balai-serpillière à essorage rotatif. Troisièmement, un colporteur dont les tréteaux supportent tout un choix d'ouvrages de piété, parmi lesquels un opuscule intitulé *Le Voile de la femme musulmane et son vêtement de prière* : opuscule attribué à Ibn Taymiyya, un théologien et juriste mort en prison au XIVe siècle, dont les doctrines, propagées par l'Arabie saoudite, font aujourd'hui le bonheur des salafistes (à en juger par la tenue des dames rassemblées autour du démonstrateur du balai rotatif, et à beaucoup d'autres signes, il semble que ce ne soit plus sur les doigts d'une main, désormais, que se comptent à Argenteuil les adeptes d'un islam conforme aux prescriptions d'Ibn Taymiyya).

En quittant le marché Héloïse, pour rejoindre la rive gauche de la Seine j'ai dû emprunter le pont aux pétunias, également ponctué en cette saison de palmiers en pots, et c'est du haut de celui-ci, alors que je m'efforçais vainement de distinguer la maison murée sur le parking de l'entreprise Safran, que j'ai aperçu, au passage d'un paquebot fluvial, une cane et ses neuf canetons, surpris par la vague d'étrave, furieusement ballottés et dispersés en tous sens comme des naufragés à la surface d'une mer démontée. C'est aussi ce jour-là, me semble-t-il, que j'ai vu sur un terre-plein non aménagé du port de Gennevilliers des cavaliers en mouvement soulever un nuage de poussière ocre. Mon objectif, modeste, était alors d'atteindre par le chemin le plus court, au départ d'Argenteuil, la station Le Stade sur la ligne J du Transilien. Il me fallut ensuite, pour ce faire, longer le chantier d'un nouveau quartier, dit de « l'Arc sportif », dont le promoteur se présentait sobrement, sur un panneau publicitaire, comme « créateur d'enthousiasme ». Peu visible depuis l'avenue d'Argenteuil, le chantier l'était en revanche de part en part depuis la passerelle piétonnière qui successivement franchit l'avenue Kléber, la rue des Entrepreneurs et l'autoroute A 86. Sur toute l'étendue de ce qui avait dû être une usine, un troupeau d'engins de démolition s'ébrouait à grand bruit parmi des gravats de tout calibre, depuis des blocs qui devaient peser plusieurs tonnes jusqu'à de fins graviers. Pour jouir de ce spectacle assez rare, ou plus vraisemblablement pour d'autres raisons, quelqu'un avait installé en haut de l'escalier menant à la passerelle quatre chaises en plastique, dépareillées, entre lesquelles brillaient les éclats d'une bouteille brisée de Jack Daniel's. À Colombes je dus suivre l'avenue Jean-Jaurès, entre deux rangs de marronniers au feuillage encore uniformément vert, jusqu'à la gare du Stade (était-ce ici, à Colombes, ou au Parc des Princes, que j'avais assisté, enfant, à l'unique match de football que j'ai vu dans ma vie, et qui opposait l'équipe de Reims, dont mon père était un supporter, à l'équipe de Lens ?). Au-dessus des quais, une horloge à aiguilles, comme il ne s'en rencontre plus beaucoup, ayant perdu la tête, sa grande aiguille fait toutes les dix secondes le tour du cadran, imprimant à l'aiguille des heures un rythme trois cent soixante fois plus rapide que la marche du temps.

Le 12 août, dix-neuf jours avant la date de péremption du projet relatif aux berges de la Seine, je me suis de nouveau rendu à Villeneuve-Saint-Georges afin de procéder dans la rue de Paris à un ultime comptage des salons de coiffure. M'étant avancé jusqu'au pont sur l'Yerres, et peu désireux de le franchir au risque de retomber sur le Bon Samaritain à la planche, je suis revenu sur mes pas, et c'est seulement alors, à mon second passage, que j'ai noté la présence, dans la vitrine du salon Amédée, le plus confortable et le mieux achalandé, sur les onze, d'une affichette publicitaire ainsi libellée :

Écho des Tropiques

Créateur de débats

Trimestriel international d'informations générales.

Je suis entré dans le salon, un des coiffeurs,

pensant que je venais pour une coupe, m'a désigné un fauteuil, offre que j'ai déclinée, poliment, avant d'ajouter que je souhaitais me procurer un exemplaire de la revue dont la couverture était affichée dans la vitrine. D'assez mauvaise grâce, me prenant peut-être pour un flic, la patronne en a exhumé un de derrière sa caisse et me l'a tendu, en échange de trois euros. En fait, l'affichette dans la vitrine ne reproduisait qu'une partie de la couverture, sur laquelle, dans sa version complète, on pouvait lire en très gros caractères « Demain la ruine de l'Europe », en caractères moyens « Comment Kimbangu pourvoira aux besoins des génies Noirs et établira le nouvel ordre moral, scientifique, social et économique mondial », et en plus petits caractères ces deux questions : « Comment combattre les attributs maléfiques de la Bel-gique (*sic*) ? » et « Pourquoi et comment les Européens émigreront à pied en Afrique ? ».

Ainsi, il s'agissait d'une revue d'inspiration kimbanguiste, du nom de ce prophète, prêchant une religion syncrétique inspirée plus ou moins du christianisme, que les Belges maintinrent en prison pendant une trentaine d'années, jusqu'à sa mort survenue en 1951. Auparavant, je connaissais un peu le kimbanguisme, mais non la vision que ses adeptes, ou certains de ses adeptes, entretenaient de la ruine de l'Europe, et de l'exode de ses habitants, à pied, vers l'Afrique. Ça me fit rire, je m'en excuse, mais si cruelles qu'aient été les persécutions subies par le fondateur de leur secte, je n'ai jamais pu prendre complètement au sérieux les kimbanguistes. D'ailleurs il ne semblait pas que le garçon coiffeur, lui-même probablement kimbanguiste, prît beaucoup plus que moi leurs prophéties au sérieux, ou au tragique, car il en riait lui aussi. Et quand je me suis inquiété auprès de lui de ce que je devrais faire, le moment venu, pour émigrer à pied vers l'Afrique, il m'a assuré que je n'aurais qu'à « venir [le] chercher », et qu'il me « montrerai[t] comment faire ».

De toutes les îles de la Seine qui s'échelonnent entre Melun et Mantes, les plus tentantes, inévitablement, sont celles auxquelles on ne peut accéder qu'en bateau, et donc inaccessibles en ce qui me concerne. Certaines sont apparemment sauvages — par exemple l'île d'Herblay, en amont de Conflans, ou l'île Saint-Louis, à la hauteur de l'usine PSA de Poissy —, d'autres sont aménagées, parfois même habitées, en dépit de règlements proscrivant cet usage, comme cette île de Platais, en face de Médan, où Maupassant, le plus musclé de la bande, passait sur la barque *Nana* les hôtes d'Émile Zola (et si nous n'étions pas las, à la fin, des friches et des ruines, nous évoquerions volontiers celles de cet établissement balnéaire, sur l'île de Platais, actif depuis le milieu des années 30 et au moins jusqu'à la fin du siècle dernier :

ruines bien visibles depuis l'emplacement, sur la berge, d'un restaurant également failli, les Romanciers, dont le rideau de fer était lors de notre dernière visite relevé sur une hauteur d'environ cinquante centimètres, insuffisante pour que nous soyons tentés de profiter de l'occasion, d'autant qu'il émanait de cette ouverture une puanteur suggérant qu'un animal gisait mort à l'intérieur). Quant aux îles accessibles à pied sec, à l'exception de celles, comme l'île de Rangiport à Gargenville, où se maintient une activité agricole, elles sont généralement dévolues en grande partie à des activités de loisirs, comme le golf ou le tennis, qui ne sont attrayantes que pour ceux qui s'y adonnent. Tel est, par exemple, le cas de cette île interminable, à moins qu'il ne faille l'envisager plutôt comme un chapelet d'îles, qui en aval de Paris, sous cinq identités successives (six si on inclut dans cet ensemble l'île de la Loge), s'étend de Bezons à Bougival, et que franchissent une autoroute, deux routes départementales et pas moins de trois voies ferrées. Excepté dans sa partie amont, d'où se voit — ou d'où devrait se voir — le pont de Bezons, jamais je ne l'avais visitée, et jamais je n'avais éprouvé le désir de le faire, jusqu'à ce que vers la fin du mois d'août, alors que pour rester dans le temps imparti au projet je ne disposais plus que de quelques jours, je décide d'en finir avec cette île, ou ce chapelet d'îles, faute de quoi je craignais d'éprouver le sentiment de ne pas m'être acquitté complètement de ma tâche.

Tout d'abord, à partir de la gare de Chatou-Croissy et par une très forte chaleur, je longeai la rive droite de la Seine, verdoyante et bordée de villas cossues, jusqu'au pont sur lequel la départementale 321 enjambe l'île de la Chaussée. De cette dernière, je m'efforçai de suivre la rive gauche en direction de l'amont, me heurtant dans ce mouvement à plusieurs variétés d'équipements sportifs, avant de tomber sur un bal du troisième âge qui se déroulait à bord d'une péniche, ou plutôt d'un ponton, aux accents successivement de « La Bamba » puis de « Scoubidou », une chanson de Sacha Distel, dans le temps assez court où je me trouvai à portée d'entendre la musique. Peu après le bal des vieux, le sentier sur la berge, mal entretenu, tout noueux de racines, était interrompu par une clôture, et je dus rejoindre la rive opposée de l'île en traversant à nouveau des équipements sportifs. De ce côté il existait un chemin de halage, même si, par suite d'effondrements de la berge, il était signalé comme interdit : mais sans conviction, comme en témoignait la facilité avec laquelle se laissaient contourner les obstacles disposés de loin en loin afin de matérialiser cette interdiction. Depuis longtemps, à défaut d'être attiré par l'une ou l'autre de ces îles, je me demandais si l'isthme extrêmement mince qui relie celle de la Chaussée à celle dite des Impressionnistes, et qui, vu de n'importe laquelle des deux rives, semble se réduire à un simple rideau d'arbres, je me demandais si cet isthme était malgré tout assez large pour qu'on pût le parcourir à pied. Je craignais aussi de trouver bloqué son débouché sur l'île des Impressionnistes, mais il ne l'était, comme son embouchure sur l'île de la Chaussée, que pour la forme. Après être passé sous un premier pont de chemin de fer, puis sous un deuxième pont routier, on atteignait un nouvel étranglement de l'île sur lequel étaient établis deux restaurants, dont l'un qui allait de pair avec un petit musée et qui se présentait comme une reconstitution exacte de l'auberge Fournaise. Une fois close cette parenthèse impressionniste, il fallait encore, avant de retrouver quelque chose d'un peu champêtre, longer sur plusieurs kilomètres tout d'abord un établissement d'EDF, puis un golf : de ce dernier, il fut un temps où les balles passaient souvent par-dessus la clôture pour atterrir sur le chemin, où l'on en retrouvait quelquefois par dizaines. Désormais, la clôture avait dû être rehaussée et les balles se faisaient plus rares, même s'il s'en trouvait toujours une ou deux, de couleur jaune, dans l'herbe des bas-côtés, tels des œufs de Pâques hors saison. Passé le golf, l'île redevenait sauvage, ou du moins était-ce ainsi dans le souvenir que j'en avais conservé. Et elle l'était restée, jusqu'à un certain point, dans la partie qu'enjambaient à peu d'intervalle l'autoroute A 14 puis de nouveau une voie de chemin de fer. Cependant, là où il n'y avait autrefois qu'un sentier, c'était désormais une piste qui progressait vers la pointe amont, une piste creusée de profondes ornières par le va-et-vient des camions ou des engins. En aval du troisième et dernier pont de chemin de fer, celui qui porte, pour les initiés, le nom de pont des Anglais, et près duquel je situe l'épisode licencieux de la nouvelle de Maupassant plusieurs fois citée, la piste s'interrompait, avalée par le chantier du prolongement vers l'ouest de la ligne E du RER. Infranchissable, déployé sur toute la largeur de l'île, le chantier rendait inaccessible la pointe amont qui formait de celle-ci la part la plus touffue, la plus évocatrice d'une jungle impénétrable, et la seule qui de là où elle prenait fin, réduite à une mince langue de terre surmontée à son extrémité d'une construction mystérieuse en forme de terrine, ménageait depuis le milieu des eaux, comme de la proue d'un bateau occupant la même position, une vue toujours renouvelée sur le pont de Bezons.

DU MÊME AUTEUR

Aux Éditions Gallimard

CYRILLE ET MÉTHODE, 1994.

JOSÉPHINE, 1994 (Points-Seuil, 2010).

ZONES, 1995 (Folio n° 2913).

L'ORGANISATION, 1996 (Folio n° 3153), prix Médicis 1996.

CAMPAGNES, 2000 (La Petite Vermillon, 2011), prix Louis-Guilloux 2000.

Aux Éditions P.O.L

LA CLÔTURE, 2002 (Folio n° 4067).

CHRÉTIENS, 2003 (Folio n° 4413).

TERMINAL FRIGO, 2005 (Folio n° 4546).

L'HOMME QUI A VU L'OURS, 2006.

L'EXPLOSION DE LA DURITE, 2007 (Folio n° 4800).

UN CHIEN MORT APRÈS LUI, 2009 (Folio n° 5080).

LE RAVISSEMENT DE BRITNEY SPEARS, 2011 (Folio n° 5543).

ORMUZ, 2013 (Folio n° 5934).

LES ÉVÉNEMENTS, 2015 (Folio n° 6123).

SAVANNAH, 2015 (Folio n° 6408).

PELELIU, 2016 (La Petite Vermillon, 2019).

LE TRAQUET KURDE, 2018 (Folio n° 6724), prix Alexandre-Vialatte 2018.

CRAC, 2019 (Folio n° 6852).

LE PONT DE BEZONS, 2020 (Folio n° 7070), prix Joseph-Kessel 2021, prix Pierre-Mac Orlan 2021.

Chez d'autres éditeurs

JOURNAL DE GAND AUX ALÉOUTIENNES, J.-C. Lattès, 1982 (Petite Bibliothèque Payot, 1995, La Petite Vermillon, 2010).

L'OR DU SCAPHANDRIER, J.-C. Lattès, 1983 (L'Escampette, 2008).

LA LIGNE DE FRONT, Quai Voltaire, 1988 (Petite Bibliothèque Payot, 1995, La Petite Vermillon, 2010), prix Albert-Londres 1988.

LA FRONTIÈRE BELGE, J.-C. Lattès, 1989 (L'Escampette, 2012, La Petite Vermillon, 2018).

C'ÉTAIT JUSTE CINQ HEURES DU SOIR, avec Jean-Christian Bourcart, Le Point du Jour, 1998.

TRAVERSES, Nil, 1999 (Points-Seuil, 2011).

DINGOS, suivi de CHERBOURG-EST / CHERBOURG-OUEST, Éditions du Patrimoine, 2002.

L'AVENTURE, photographies d'Isabelle Gil, La Table Ronde, 2011.

L'ALBATROS EST UN CHASSEUR SOLITAIRE, Cent pages, 2011.

VU SUR LA MER, La Petite Vermillon, 2012, prix Gens de Mer 2012.

DINARD : ESSAI D'AUTOBIOGRAPHIE IMMOBILIÈRE, avec Kate Barry, La Table Ronde, 2012.

CHEMINS D'EAU, Éditions Maritimes et d'outre-mer, 1980 (La Petite Vermillon, 2013).

COLLECTION FOLIO

Dernières parutions

6646. Philip Roth	*Pourquoi écrire ? Du côté de Portnoy – Parlons travail – Explications*
6647. Martin Winckler	*Les Histoires de Franz*
6648. Julie Wolkenstein	*Les vacances*
6649. Naomi Wood	*Mrs Hemingway*
6650. Collectif	*Tous végétariens ! D'Ovide à Ginsberg, petit précis de littérature végétarienne*
6651. Hans Fallada	*Voyous, truands et autres voleurs*
6652. Marina Tsvétaïéva	*La tempête de neige – Une aventure*
6653. Émile Zola	*Le Paradis des chats*
6654. Antoine Hamilton	*Mémoires du comte de Gramont*
6655. Joël Baqué	*La fonte des glaces*
6656. Paul-Henry Bizon	*La louve*
6657. Geneviève Damas	*Patricia*
6658. Marie Darrieussecq	*Notre vie dans les forêts*
6659. Étienne de Montety	*L'amant noir*
6660. Franz-Olivier Giesbert	*Belle d'amour*
6661. Jens Christian Grøndahl	*Quelle n'est pas ma joie*
6662. Thomas Gunzig	*La vie sauvage*
6663. Fabrice Humbert	*Comment vivre en héros ?*
6664. Angela Huth	*Valse-hésitation*
6665. Claudio Magris	*Classé sans suite*
6666. János Székely	*L'enfant du Danube*
6667. Mario Vargas Llosa	*Aux Cinq Rues, Lima*
6668. Alexandre Dumas	*Les Quarante-Cinq*
6669. Jean-Philippe Blondel	*La mise à nu*

6670.	Ryôkan	*Ô pruniers en fleur*
6671.	Philippe Djian	*À l'aube*
6672.	Régis Jauffret	*Microfictions II. 2018*
6673.	Maylis de Kerangal	*Un chemin de tables*
6674.	Ludmila Oulitskaïa	*L'échelle de Jacob*
6675.	Marc Pautrel	*La vie princière*
6676.	Jean-Christophe Rufin	*Le suspendu de Conakry. Les énigmes d'Aurel le Consul*
6677.	Isabelle Sorente	*180 jours*
6678.	Victor Hugo	*Les Contemplations*
6679.	Michel de Montaigne	*Des Cannibales / Des coches*
6680.	Christian Bobin	*Un bruit de balançoire*
6681.	Élisabeth de Fontenay et Alain Finkielkraut	*En terrain miné*
6682.	Philippe Forest	*L'oubli*
6683.	Nicola Lagioia	*La Féroce*
6684.	Javier Marías	*Si rude soit le début*
6685.	Javier Marías	*Mauvaise nature.* Nouvelles complètes
6686.	Patrick Modiano	*Souvenirs dormants*
6687.	Arto Paasilinna	*Un éléphant, ça danse énormément*
6688.	Guillaume Poix	*Les fils conducteurs*
6689.	Éric Reinhardt	*La chambre des époux*
6690.	Éric Reinhardt	*Cendrillon*
6691.	Jean-Marie Rouart	*La vérité sur la comtesse Berdaiev*
6692.	Jón Kalman Stefánsson	*Ásta*
6693.	Corinne Atlan	*Petit éloge des brumes*
6694.	Ludmila Oulitskaïa	*La soupe d'orge perlé* et autres nouvelles
6695.	Stefan Zweig	*Les Deux Sœurs* précédé d'*Une histoire au crépuscule*
6696.	Ésope	*Fables* précédées de la *Vie d'Ésope*
6697.	Jack London	*L'Appel de la forêt*

6698.	Pierre Assouline	*Retour à Séfarad*
6699.	Nathalie Azoulai	*Les spectateurs*
6700.	Arno Bertina	*Des châteaux qui brûlent*
6701.	Pierre Bordage	*Tout sur le zéro*
6702.	Catherine Cusset	*Vie de David Hockney*
6703.	Dave Eggers	*Une œuvre déchirante d'un génie renversant*
6704.	Nicolas Fargues	*Je ne suis pas une héroïne*
6705.	Timothée de Fombelle	*Neverland*
6706.	Jérôme Garcin	*Le syndrome de Garcin*
6707.	Jonathan Littell	*Les récits de Fata Morgana*
6708.	Jonathan Littell	*Une vieille histoire.* Nouvelle version
6709.	Herta Müller	*Le renard était déjà le chasseur*
6710.	Arundhati Roy	*Le Ministère du Bonheur Suprême*
6711.	Baltasar Gracian	*L'Art de vivre avec élégance. Cent maximes de L'Homme de cour*
6712.	James Baldwin	*L'homme qui meurt*
6713.	Pierre Bergounioux	*Le premier mot*
6714.	Tahar Ben Jelloun	*La punition*
6715.	John Dos Passos	*Le 42e parallèle. U.S.A. I*
6716.	John Dos Passos	*1919. U.S.A. II*
6717.	John Dos Passos	*La grosse galette. U.S.A. III*
6718.	Bruno Fuligni	*Dans les archives inédites du ministère de l'Intérieur. Un siècle de secrets d'État (1870-1945)*
6719.	André Gide	*Correspondance. 1888-1951*
6720.	Philippe Le Guillou	*La route de la mer*
6721.	Philippe Le Guillou	*Le roi dort*
6722.	Jean-Noël Pancrazi	*Je voulais leur dire mon amour*
6723.	Maria Pourchet	*Champion*
6724.	Jean Rolin	*Le traquet kurde*
6725.	Pénélope Bagieu	*Culottées Livre II-partie 1*

6726. Pénélope Bagieu — *Culottées Livre II-partie 2*
6727. Marcel Proust — *Vacances de Pâques* et autres chroniques
6728. Jane Austen — *Amour et amitié*
6729. Collectif — *Scènes de lecture. De saint Augustin à Proust*
6730. Christophe Boltanski — *Le guetteur*
6731. Albert Camus et Maria Casarès — *Correspondance. 1944-1959*
6732. Albert Camus et Louis Guilloux — *Correspondance. 1945-1959*
6733. Ousmane Diarra — *La route des clameurs*
6734. Eugène Ébodé — *La transmission*
6735. Éric Fottorino — *Dix-sept ans*
6736. Hélène Gestern — *Un vertige* suivi de *La séparation*
6737. Jean Hatzfeld — *Deux mètres dix*
6738. Philippe Lançon — *Le lambeau*
6739. Zadie Smith — *Swing Time*
6740. Serge Toubiana — *Les bouées jaunes*
6741. C. E. Morgan — *Le sport des rois*
6742. Marguerite Yourcenar — *Les Songes et les Sorts*
6743. Les sœurs Brontë — *Autolouange* et autres poèmes
6744. F. Scott Fitzgerald — *Le diamant gros comme le Ritz*
6745. Nicolas Gogol — *2 nouvelles de Pétersbourg*
6746. Eugène Dabit — *Fauteuils réservés* et autres contes
6747. Jules Verne — *Cinq semaines en ballon*
6748. Henry James — *La Princesse Casamassima*
6749. Claire Castillon — *Ma grande*
6750. Fabrice Caro — *Le discours*
6751. Julian Barnes — *La seule histoire*
6752. Guy Boley — *Quand Dieu boxait en amateur*
6753. Laurence Cossé — *Nuit sur la neige*
6754. Élisabeth de Fontenay — *Gaspard de la nuit*
6755. Elena Ferrante — *L'amour harcelant*
6756. Franz-Olivier Giesbert — *La dernière fois que j'ai rencontré Dieu*

6757.	Paul Greveillac	*Maîtres et esclaves*
6758.	Stefan Hertmans	*Le cœur converti*
6759.	Anaïs LLobet	*Des hommes couleur de ciel*
6760.	Juliana Léveillé-Trudel	*Nirliit*
6761.	Mathieu Riboulet	*Le corps des anges*
6762.	Simone de Beauvoir	*Pyrrhus et Cinéas*
6763.	Dōgen	*La présence au monde*
6764.	Virginia Woolf	*Un lieu à soi*
6765.	Benoît Duteurtre	*En marche !*
6766.	François Bégaudeau	*En guerre*
6767.	Anne-Laure Bondoux	*L'aube sera grandiose*
6768.	Didier Daeninckx	*Artana ! Artana !*
6769.	Jachy Durand	*Les recettes de la vie*
6770.	Laura Kasischke	*En un monde parfait*
6771.	Maylis de Kerangal	*Un monde à portée de main*
6772.	Nathalie Kuperman	*Je suis le genre de fille*
6773.	Jean-Marie Laclavetine	*Une amie de la famille*
6774.	Alice McDermott	*La neuvième heure*
6775.	Ota Pavel	*Comment j'ai rencontré les poissons*
6776.	Ryoko Sekiguchi	*Nagori. La nostalgie de la saison qui vient de nous quitter*
6777.	Philippe Sollers	*Le Nouveau*
6778.	Annie Ernaux	*Hôtel Casanova* et autres textes brefs
6779.	Victor Hugo	*Les Fleurs*
6780.	Collectif	*Notre-Dame des écrivains. Raconter et rêver la cathédrale du Moyen Âge à demain*
6781.	Carole Fives	*Tenir jusqu'à l'aube*
6782.	Esi Edugyan	*Washington Black*
6784.	Emmanuelle Bayamack-Tam	*Arcadie*
6785.	Pierre Guyotat	*Idiotie*
6786.	François Garde	*Marcher à Kerguelen.*
6787.	Cédric Gras	*Saisons du voyage.*
6788.	Paolo Rumiz	*La légende des montagnes qui naviguent.*

6810. Roberto Saviano	*Baiser féroce*
6811. Patti Smith	*Dévotion*
6812. Ray Bradbury	*La fusée* et autres nouvelles
6813. Albert Cossery	*Les affamés ne rêvent que de pain*
6814. Georges Rodenbach	*Bruges-la-Morte*
6815. Margaret Mitchell	*Autant en emporte le vent I*
6816. Margaret Mitchell	*Autant en emporte le vent II*
6817. George Eliot	*Felix Holt, le radical.* À paraître
6818. Goethe	*Les Années de voyage de Wilhelm Meister*
6819. Meryem Alaoui	*La vérité sort de la bouche du cheval*
6820. Unamuno	*Contes*
6821. Leïla Bouherrafa	*La dédicace.*
6822. Philippe Djian	*Les inéquitables*
6823. Carlos Fuentes	*La frontière de verre.* Roman en neuf récits
6824. Carlos Fuentes	*Les années avec Laura Díaz.* Nouvelle édition augmentée
6825. Paula Jacques	*Plutôt la fin du monde qu'une écorchure à mon doigt.*
6826. Pascal Quignard	*L'enfant d'Ingolstadt. Dernier royaume X*
6827. Raphaël Rupert	*Anatomie de l'amant de ma femme*
6828. Bernhard Schlink	*Olga*
6829. Marie Sizun	*Les sœurs aux yeux bleus*
6830. Graham Swift	*De l'Angleterre et des Anglais*
6831. Alexandre Dumas	*Le Comte de Monte-Cristo*
6832. Villon	*Œuvres complètes*
6833. Vénus Khoury-Ghata	*Marina Tsvétaïéva, mourir à Elabouga*
6834. Élisa Shua Dusapin	*Les billes du Pachinko*
6835. Yannick Haenel	*La solitude Caravage*
6836. Alexis Jenni	*Féroces infirmes*

6837.	Isabelle Mayault	*Une longue nuit mexicaine*
6838.	Scholastique Mukasonga	*Un si beau diplôme !*
6839.	Jean d'Ormesson	*Et moi, je vis toujours*
6840.	Orhan Pamuk	*La femme aux cheveux roux*
6841.	Joseph Ponthus	*À la ligne. Feuillets d'usine*
6842.	Ron Rash	*Un silence brutal*
6843.	Ron Rash	*Serena*
6844.	Bénédicte Belpois	*Suiza*
6845.	Erri De Luca	*Le tour de l'oie*
6846.	Arthur H	*Fugues*
6847.	Francesca Melandri	*Tous, sauf moi*
6848.	Eshkol Nevo	*Trois étages*
6849.	Daniel Pennac	*Mon frère*
6850.	Maria Pourchet	*Les impatients*
6851.	Atiq Rahimi	*Les porteurs d'eau*
6852.	Jean Rolin	*Crac*
6853.	Dai Sijie	*L'Évangile selon Yong Sheng*
6854.	Sawako Ariyoshi	*Le crépuscule de Shigezo*
6855.	Alexandre Dumas	*Les Compagnons de Jéhu*
6856.	Bertrand Belin	*Grands carnivores*
6857.	Christian Bobin	*La nuit du cœur*
6858.	Dave Eggers	*Les héros de la Frontière*
6859.	Dave Eggers	*Le Capitaine et la Gloire*
6860.	Emmanuelle Lambert	*Giono, furioso*
6861.	Danièle Sallenave	*L'églantine et le muguet*
6862.	Martin Winckler	*L'École des soignantes*
6863.	Zéno Bianu	*Petit éloge du bleu*
6864.	Collectif	*Anthologie de la littérature grecque. De Troie à Byzance*
6865.	Italo Calvino	*Monsieur Palomar*
6866.	Auguste de Villiers de l'Isle-Adam	*Histoires insolites*
6867.	Tahar Ben Jelloun	*L'insomniaque*
6868.	Dominique Bona	*Mes vies secrètes*
6869.	Arnaud Cathrine	*J'entends des regards que vous croyez muets*
6870.	Élisabeth Filhol	*Doggerland*

6871.	Lisa Halliday	*Asymétrie*
6872.	Bruno Le Maire	*Paul. Une amitié*
6873.	Nathalie Léger	*La robe blanche*
6874.	Gilles Leroy	*Le diable emporte le fils rebelle*
6875.	Jacques Ferrandez / Jean Giono	*Le chant du monde*
6876.	Kazuo Ishiguro	*2 nouvelles musicales*
6877.	Collectif	*Fioretti. Légendes de saint François d'Assise*
6878.	Herta Müller	*La convocation*
6879.	Giosuè Calaciura	*Borgo Vecchio*
6880.	Marc Dugain	*Intérieur jour*
6881.	Marc Dugain	*Transparence*
6882.	Elena Ferrante	*Frantumaglia. L'écriture et ma vie*
6883.	Lilia Hassaine	*L'œil du paon*
6884.	Jon McGregor	*Réservoir 13*
6885.	Caroline Lamarche	*Nous sommes à la lisière*
6886.	Isabelle Sorente	*Le complexe de la sorcière*
6887.	Karine Tuil	*Les choses humaines*
6888.	Ovide	*Pénélope à Ulysse* et autres lettres d'amour de grandes héroïnes antiques
6889.	Louis Pergaud	*La tragique aventure de Goupil* et autres contes animaliers
6890.	Rainer Maria Rilke	*Notes sur la mélodie des choses* et autres textes
6891.	George Orwell	*Mil neuf cent quatre-vingt-quatre*
6892.	Jacques Casanova	*Histoire de ma vie*
6893.	Santiago H. Amigorena	*Le ghetto intérieur*
6894.	Dominique Barbéris	*Un dimanche à Ville-d'Avray*
6895.	Alessandro Baricco	*The Game*
6896.	Joffrine Donnadieu	*Une histoire de France*
6897.	Marie Nimier	*Les confidences*
6898.	Sylvain Ouillon	*Les jours*
6899.	Ludmila Oulitskaïa	*Médée et ses enfants*
6900.	Antoine Wauters	*Pense aux pierres sous tes pas*

6901. Franz-Olivier Giesbert	*Le schmock*
6902. Élisée Reclus	*La source* et autres histoires d'un ruisseau
6903. Simone Weil	*Étude pour une déclaration des obligations envers l'être humain* et autres textes
6904. Aurélien Bellanger	*Le continent de la douceur*
6905. Jean-Philippe Blondel	*La grande escapade*
6906. Astrid Éliard	*La dernière fois que j'ai vu Adèle*
6907. Lian Hearn	*Shikanoko, livres I et II*
6908. Lian Hearn	*Shikanoko, livres III et IV*
6909. Roy Jacobsen	*Mer blanche*
6910. Luc Lang	*La tentation*
6911. Jean-Baptiste Naudet	*La blessure*
6912. Erik Orsenna	*Briser en nous la mer gelée*
6913. Sylvain Prudhomme	*Par les routes*
6914. Vincent Raynaud	*Au tournant de la nuit*
6915. Kazuki Sakuraba	*La légende des filles rouges*
6916. Philippe Sollers	*Désir*
6917. Charles Baudelaire	*De l'essence du rire* et autres textes
6918. Marguerite Duras	*Madame Dodin*
6919. Madame de Genlis	*Mademoiselle de Clermont*
6920. Collectif	*La Commune des écrivains. Paris, 1871 : vivre et écrire l'insurrection*
6921. Jonathan Coe	*Le cœur de l'Angleterre*
6922. Yoann Barbereau	*Dans les geôles de Sibérie*
6923. Raphaël Confiant	*Grand café Martinique*
6924. Jérôme Garcin	*Le dernier hiver du Cid*
6925. Arnaud de La Grange	*Le huitième soir*
6926. Javier Marías	*Berta Isla*
6927. Fiona Mozley	*Elmet*
6928. Philip Pullman	*La Belle Sauvage. La trilogie de la Poussière, I*
6929. Jean-Christophe Rufin	*Les trois femmes du Consul. Les énigmes d'Aurel le Consul*

6930. Collectif — *Haikus de printemps et d'été*
6931. Épicure — *Lettre à Ménécée* et autres textes
6932. Marcel Proust — *Le Mystérieux Correspondant* et autres nouvelles retrouvées
6933. Nelly Alard — *La vie que tu t'étais imaginée*
6934. Sophie Chauveau — *La fabrique des pervers*
6935. Cecil Scott Forester — *L'heureux retour*
6936. Cecil Scott Forester — *Un vaisseau de ligne*
6937. Cecil Scott Forester — *Pavillon haut*
6938. Pam Jenoff — *La parade des enfants perdus*
6939. Maylis de Kerangal — *Ni fleurs ni couronnes* suivi de *Sous la cendre*
6940. Michèle Lesbre — *Rendez-vous à Parme*
6941. Akira Mizubayashi — *Âme brisée*
6942. Arto Paasilinna — *Adam & Eve*
6943. Leïla Slimani — *Le pays des autres*
6944. Zadie Smith — *Indices*
6945. Cesare Pavese — *La plage*
6946. Rabindranath Tagore — *À quatre voix*
6947. Jean de La Fontaine — *Les Amours de Psyché et de Cupidon* précédé d'*Adonis* et du *Songe de Vaux*
6948. Bartabas — *D'un cheval l'autre*
6949. Tonino Benacquista — *Toutes les histoires d'amour ont été racontées, sauf une*
6950. François Cavanna — *Crève, Ducon !*
6951. René Frégni — *Dernier arrêt avant l'automne*
6952. Violaine Huisman — *Rose désert*
6953. Alexandre Labruffe — *Chroniques d'une station-service*
6954. Franck Maubert — *Avec Bacon*
6955. Claire Messud — *Avant le bouleversement du monde*
6956. Olivier Rolin — *Extérieur monde*
6957. Karina Sainz Borgo — *La fille de l'Espagnole*
6958. Julie Wolkenstein — *Et toujours en été*
6959. James Fenimore Cooper — *Le Corsaire Rouge*

*Tous les papiers utilisés pour les ouvrages
des collections Folio sont certifiés
et proviennent de forêts gérées durablement.*

*Composition : Nord Compo
Impression Novoprint
à Barcelone, le 21 mars 2022
Dépôt légal : mars 2022*

ISBN:978-2-07-296457-2/Imprimé en Espagne

401615